JEANNE BENAMEUR

LAVER LES OMBRES

roman

BABEL

Merci à celles et ceux de Manosque
qui ont croisé la création de ce texte.

A celle qui m'a appris à écrire et à lire.

*Laver les ombres, en photographie,
signifie mettre en lumière un visage
pour en faire le portrait.*

Quand Lea ne travaille pas dès le lever, juste après le premier café, ça ne lui vaut rien. Il lui faut saisir la façon dont son corps va s'articuler au monde avant que la journée avec les autres ne commence. Seule, dans le jour qui vient, par des exercices répétés, elle tisse ses liens avec l'air. Une grammaire sensible, improbable, à réexpérimenter chaque matin.

Elle s'oriente.

Dans son appartement sous les toits, elle a réussi à garder une pièce entièrement vide. Un luxe dans une ville où chaque mètre carré coûte si cher. Tant pis si cela restreint l'espace qui reste pour vivre. Pour rien au monde elle ne céderait ce territoire nu. Elle en a peint elle-même les murs et les poutres rondes, d'anciens mâts de bateau, lui a-t-on dit quand elle avait visité. C'est ce rappel de la mer, incongru, au milieu des rues, loin de toute côte, qui l'avait décidée. Elle se rassurait. Elle pourrait imaginer les voiles, le vent. C'était toute son enfance. De l'air dans la ville.

Là, son corps se déploie. Le bout de ses doigts la tire vers le ciel, elle touche les poutres, redescend vers le sol. La pièce est mansardée d'un côté, les murs sont sans fenêtres, mais une large ouverture vitrée au plafond lui livre une grande part de ciel. La pluie le soleil directement sur la tête et personne qui passe dans le champ.

Elle a besoin d'horizon.

En ville, elle a appris que c'est par le haut qu'il se donne.

C'est la fin de l'automne. Le gris cendré des nuages lui fait regretter d'avoir manqué la splendeur des feuillages dorés, roux, qu'elle aime tant. D'ordinaire, elle se débrouille pour trouver le temps d'un week-end de balade au bord de la mer, dans la petite ville de son enfance. C'est l'époque des couleurs chaudes dans la forêt toute proche. Elle fait provision d'odeurs, d'images pour l'hiver. Mais cette année elle a travaillé sans relâche, ne s'est guère absentée de la ville. Elle prépare les dix ans de sa compagnie et ses journées se sont morcelées en séances de travail et rendez-vous épuisants.

Aujourd'hui, Lea a du mal. Elle sent que son corps lui échappe. Elle reconnaît un état qui revient, contre lequel elle a tant de peine à lutter.

Danser c'est trahir l'espace.

Alors autant le faire avec la plus grande précision.

C'est la loi qu'elle s'est donnée. Il faut la tenir.

Danser c'est altérer le vide.

Pourquoi inscrire un mouvement dans le rien ? Elle voudrait tant pouvoir juste contempler et habiter simplement, sans bouger. Elle envie ceux qui le peuvent. Elle, elle n'y arrive pas.

Elle est un mot étranger jeté dans une langue. Comme un mot tout seul jeté dans le silence. Elle se sent intruse. Depuis toute petite.

Alors elle danse. Il faut qu'elle trace, avec son corps, les lignes qui permettent d'intégrer l'espace. Seule la beauté du mouvement peut le sauver.

C'est sa façon de trouver place dans la vie.

Lea est chorégraphe par nécessité.

Ce matin, une peur à laquelle rien ne résiste la diffracte à l'intérieur. Elle est toujours aussi démunie. A nouveau livrée à cette impression de vivre avec des éclats de bombe sous la peau. A l'extérieur, c'est lisse. Une belle femme qui promène un corps tranquille. Sur scène, pour les spectateurs, pour tout le monde, aucun problème. Les bombes ne s'attaquent qu'à l'intérieur. Personne ne les voit. Elle est un champ de mines. Et elle danse. Pour les éviter. Voilà comment elle se sent.

Lea ferme les yeux.

Elle a renoncé à connaître l'origine de la guerre en elle. Après tout, le champ ignore la main qui pose la mine.

Aujourd'hui elle se demande Est-ce que tous les êtres humains sont des champs de bataille ignorants ?

Elle a trente-huit ans. Une carrière construite sans ménagement ni concession et une incapacité chronique à habiter calmement une histoire. Est-ce cet amour tout neuf pour un homme de l'immobile, un peintre, qui la bouleverse à ce point ? Ce matin, elle a peur de perdre Bruno, oui. Elle se connaît. A nouveau elle est submergée par le besoin farouche, irraisonné de faire le vide, de se retrouver sans homme, au risque de la désolation. Une vraie malédiction.

Ce matin, elle a peur d'elle-même. Mais sa peur se renforce d'une autre, venue de loin, de l'enfance.

Elle tombe dans le silence de sa mère.

Hier, à la radio, elle a entendu un avis de tempête. Alerte rouge sur sa petite ville d'enfance. Idiot, cette angoisse folle qui l'a saisie. Sa mère sait faire tout ce qu'il faut pour se protéger. Elle a des voisins. Elle est solide malgré son grand âge. Et elle, elle prépare son prochain spectacle. On ne quitte pas tout le monde comme ça, juste parce que l'océan gronde et qu'une vieille dame est seule dans sa maison.
Sans attendre la fin de la météo, elle l'a appelée pour savoir si tout irait bien. Il fallait qu'elle se rassure.
Mais, au téléphone, elle a eu du mal à reconnaître la voix. Une dissonance. Ce n'était pas la voix qui la recrée d'habitude, vivante pour elle, où qu'elle soit. La voix peinait. Comme si un autre souffle cherchait sa route. Sa mère a murmuré qu'elle avait des choses, importantes, à lui dire.

Jamais rien. Sa mère ne demande jamais rien. Ni visite. Ni invitation aux spectacles. Elle n'a besoin de rien, ne se déplace presque pas. Lea lui a toujours gardé une place. A chaque création, au premier rang.
La place est toujours restée vide.
Sans aucune explication.

Sa peur, Lea, à l'autre bout du fil, l'a reconnue. Celle de l'enfance. Toujours. Une peur qu'elle n'a jamais su nommer. Elle n'a plus rien dit.

Comme d'habitude.

Toute la journée d'hier a eu cette couleur mauvaise, indéfinissable. Avant de regagner son appartement, elle s'est arrêtée à la vitrine de la librairie italienne où elle aime fureter. Elle a lu les titres exposés. La musique de cette langue-là, la langue maternelle de sa mère, rien que dans les titres. Elle avait besoin de la retrouver.

Elle n'a pas appelé Bruno.
Elle a dormi seule chez elle, tous ses livres en italien en pile au pied du lit.
La présence des mots écrits dans la langue de sa mère, à portée de main. Elle n'en a ouvert aucun.

Ce matin, elle peine.

Elle prolonge sa séance d'échauffement. Elle a du mal à se concentrer sur son souffle, à habiter son corps. Vraiment. Alors elle enchaîne avec les *Suites* de Bach.

Le violoncelle étire chacun de ses gestes. Dans cet étirement, l'erreur ne pardonne pas. Tout est amplifié.

Entre l'air et elle, il faut que ça sonne juste.

Incorporer l'exigence de chaque note. Totale. Le corps doit trouver sa propre découpe de l'espace. Plus de place dans la tête pour aucune pensée.

Sa pensée, c'est la vibration. C'est tout.

La justesse du mouvement justifie son souffle sur terre.

Il n'y a pas d'autre façon de vivre.

La concentration totale sur chaque vibration d'archet et une absence tout aussi totale à soi-même. Alors seulement quelque chose a lieu.

Elle est en mesure.

Elle respire. La peur reflue.

Elle continue.

A nouveau, peu à peu, elle entre dans l'espace. Elle y a droit. Alors son temps lui appartient. Et elle, elle appartient au monde.

Lea danse.

Ses mouvements dans l'air trouvent leurs courbes exactes. Son corps est uni à l'espace. La beauté est là. Dans le souffle qui la relie à tout.

Un moment de grâce.

Impartageable.

Le disque est fini.

Elle reste debout, immobile. Elle laisse la musique vibrer encore en elle, jusqu'au silence.

Une pluie très fine s'est mise à tomber. Elle lève la tête, contemple les petites gouttes qui glissent sur la vitre, au-dessus d'elle. Du bout des doigts, elle touche, suit le tracé d'une goutte jusqu'au bord du vasistas. Elle réintègre sa haute stature, toute la vigueur de son corps. En même temps, elle retrouve la sensation délicieuse de ne plus éprouver son poids sur terre. C'est ce qu'elle aime quand elle a bien dansé. Elle ne pèse plus rien. Un atome de poussière parmi d'autres, infiniment d'autres.

Elle disparaît. Ça lui va.

Tableau 1

NAPLES 1940

Sur un grand lit, à Naples, dans une chambre, est allongée une toute jeune fille. C'est la guerre. Dans des pays des gens se battent. Mais elle, elle est allongée, dans une grande maison cachée au fond d'une cour.
Elle s'appelle Romilda.
Parfaitement immobile, les mains croisées sur la poitrine, on dirait une morte. Ses cheveux sont dénoués. Longs, noirs, parfaitement coiffés. Elle est vêtue comme pour une fête d'une robe d'organdi blanche parsemée d'étoiles.

Ses yeux sont fermés.

Elle ne dort pas.

Romilda s'essaie à disparaître. Vraiment. Elle imagine son corps de plus en plus resserré, elle absorbe par la pensée bras et jambes. C'est un exercice difficile.

Elle veut se réduire.

Concentrée, il faut respirer le moins possible. C'est une tentative d'amenuisement.

Une de plus.

Quand on ne peut pas réduire le monde, on se réduit soi-même.

Mais on ne disparaît pas si facilement.

Elle entend du bruit, des rires au rez-de-chaussée de la maison. Elle n'y arrivera pas. Pas plus aujourd'hui qu'hier.

Romilda ouvre grands les yeux. En alerte. Aucune voix masculine ne lui parvient d'en bas. Les rires sont des rires de femmes.

Alors elle plonge la main sous le lit. Elle attrape un livre, toujours le même. Un vieux livre aux pages fatiguées, aux bords cornés. Un livre d'amour. Et elle lit. Désespérément.

Que les mots au moins l'emportent. Loin. Loin.

Elle a seize ans. Elle n'a plus d'âge.

Lea enfile son grand pull de laine brune, elle reste pieds nus, passe dans la pièce sur rue.

A la fenêtre, elle regarde les passants qui se hâtent. On marche toujours plus vite quand il pleut. C'est drôle, pense-t-elle, le front appuyé à la vitre, on s'immerge dans la mer facilement et on fait tout pour éviter juste quelques gouttes du ciel. Pourtant c'est bien toujours notre peau, la même, qui reçoit l'eau. En ville, est-ce qu'on fuit la pluie parce que tout le corps n'y est pas ? La sensation de l'eau glissant dans le cou suffit à glacer tout le reste. Il n'y a qu'à regarder les nuques rentrées dans les épaules de ceux qui se hâtent sur les trottoirs.

Quand elle était petite, elle aimait mêler l'eau de l'océan et celle du ciel les jours d'été où l'orage la surprenait sur la plage.

Sa mère la frottait de la tête aux pieds avec une grosse serviette éponge quand elle rentrait. Elle disait avec cet accent italien toujours si fort au bout de tant d'années Tu vas attraper la mort. Et Lea riait.

Non, elle n'avait pas attrapé la mort.

L'expression aujourd'hui lui revient. Pas le rire.

Ce matin, elle entend trop chaque mot, tout seul Tu vas attraper la mort. Non, elle ne veut pas. C'est la vie qu'elle cherche à attraper.

Elle frissonne. Son front a laissé sur la vitre une trace embuée. Tout à coup elle a froid.

Elle va se refaire un café. Il faut s'en tenir aux gestes simples pour chasser les pensées qui reviennent. Une méthode éprouvée.

Le répit aura été de courte durée.

Elle saisit au pied du lit un livre dans la pile, laisse le hasard guider son choix. Aujourd'hui comme jadis, elle se réfugie dans le vieux fauteuil en cuir, celui de son père, qui l'a suivie dans tous ses déménagements, les jambes sur l'accoudoir, elle s'immerge dans les mots écrits.

Plonger dans la langue de sa mère parce qu'elle a peur de la perdre.

Comme elle a plongé dans les livres quand elle avait perdu le père. Elle avait six ans.

La rage de ne plus voir les longues jambes du père déambuler dans la maison. La rage de ne plus sentir l'odeur de sa cigarette. La rage des cendriers qu'elle était allée rechercher dans un carton à la cave, qu'elle avait remis exactement aux mêmes places, comme s'il allait revenir, comme s'il pouvait revenir. La lecture pour foncer. Et la danse pour ne pas tout casser dans la maison.

La langue de sa mère l'apaise. En lisant elle entend à nouveau sa musique.

Et elle se retrouve, assise sur ses genoux, dans la cuisine de son enfance.
Elle a son odeur et elle a sa voix. Inaliénables.
Elle se tient en équilibre, les fesses posées sur les cuisses nerveuses de sa mère, les pieds nus battant ses mollets.
Ses bras l'entourent. Que pour elle. Ses mains sont pour toutes les tâches du jour. Mais dans l'arrondi de ses bras elle niche, le nez au plus près du creux de son coude.
Elle la respire.
Sa mère chante une chanson de son pays qui rythme le mouvement de son poignet, une chanson de glaneuses, de bustes penchés vers la terre. Dans la cuisine, les épluchures des légumes tombent, régulières, sur le papier journal, et les légumes dans le grand faitout.

Une cadence.
C'est là, sur ses genoux, qu'elle a senti de tout son être ce qu'est le rythme d'un corps. Le son qui montait du ventre trouvait appui au fond de la poitrine et venait s'épanouir dans toute la pièce, en sortant de la bouche.

Elle a appris son corps en s'appuyant à celui de sa mère.

C'est là que tout a commencé.

Sa mère l'a éduquée par vibrations. Sans le vouloir. Sans le savoir. Dans sa langue, on dit *da sola* pour les choses qui se font toutes seules.
Et elles, elles étaient toutes seules. Et les choses se faisaient.

Da sola, c'est le titre de sa prochaine création pour la scène.

Pour la première fois, dans son travail, elle a besoin de sa mère. Est-ce que de loin la vieille dame l'a senti ? Sans paroles, toutes les deux, elles sont liées si fort.

Sa mère a passé sa vie à se faire oublier. Plus que discrète. Effacée. Et voilà que maintenant elle veut la voir, lui "dire des choses importantes".
Lea ne peut s'empêcher de craindre.
Le mot "effacée" ne la quitte plus.
La peur est dans le mot.

C'est cela qu'elle a éprouvé, exactement, qui l'a troublée au téléphone. Comme un effacement de tout le corps de sa mère. Elle a l'image d'une voix issue du sang directement, issue de quoi ? Elle a besoin de la cadence des légumes dans le faitout et de sa vraie voix, celle qu'elle connaît, en antidote. Depuis des mois elle les laisse résonner à la frontière fragile de la mémoire. La voix a poussé la porte.

Installer le corps de sa mère dans sa création, c'est ce qu'elle a décidé. Une gageure. Qui soulève bien des résistances. Qui s'intéresse dans la danse à ce qui vieillit, à ce qui meurt ? On va au spectacle pour voir des corps jeunes, vigoureux, agiles. Elle, elle veut placer cette droiture du corps de la mère comme un mât en plein milieu de la scène. Un rappel. La mort nous attend tous et l'équilibre du navire en dépend.

C'est bien le poids d'une vieille dame, frêle, sec, qui sera le centre de gravité du spectacle. Au flux et au reflux des mouvements des autres danseurs. Une vigie.

Elle imagine une immense radiographie tenue par les cintres.

Da sola. Avec deux mots, Lea cherche à nommer. Mais elle sait que dans ces mots mêmes quelque chose lui échappe.

Elle fait tourner sa tête lentement autour de l'axe des cervicales, en étirant la nuque, détend une épaule, puis l'autre. Il faut poursuivre le travail. Sans relâche.

Danser, c'est attirer le vide.
Un péril intime.
Ce péril-là, c'est elle qui le choisit. On n'échappe pas à la seule forme de liberté qu'on s'est donnée soi-même.

Tableau 2

NAPLES 1940

La chambre est vaste. Le lit est large. Tout est trop grand. Le papier peint représente des scènes champêtres. Si elle pouvait, Romilda l'arracherait. Les bergers et les bergères la narguent. Elle donnerait tout pour n'être plus qu'une brebis, la bouche collée à l'herbe.
De la fenêtre au lit, du lit au fauteuil, elle arpente.
Elle n'échappe à aucun des miroirs.
Elle prend garde à poser à peine les pieds sur les tapis aux couleurs trop vives. Que personne ne l'entende.
Si seulement on pouvait l'oublier. Rien qu'une journée, l'oublier.
Les pas qui montent l'escalier la broient.
Les dents serrées, elle attend.
Que les pas s'éloignent. Qu'ils la laissent tranquille, un jour, rien qu'un jour.

Quelqu'un frappe à la porte. C'est la règle.

De sa voix claire, chantante, en français comme on le lui a appris elle dit “Entrez.”

Ici on ne l’appelle plus Romilda. On l’appelle Suzanne.

Lea a quitté le fauteuil. De toute façon, elle ne parvient pas à lire vraiment. Le corps de sa mère danse entre les lignes. Elle ouvre la fenêtre en grand malgré la pluie. Elle soupire. La ville est bruissante et assourdie à la fois. Les sons mouillés montent jusqu'à elle, viennent la chercher. Elle avance les bras, goûte l'eau sur sa peau. Tant pis pour le froid.

Il faut qu'elle sorte marcher. Il lui manque la plage mais elle a les images de la cuisine et la cadence qui l'habitent encore. Des munitions. Avec ça, quelque chose peut se tisser entre l'intérieur et l'extérieur.

Elle boit le café chaud debout, à la fenêtre, laisse la chaleur l'envahir en fermant les yeux, puis sans attendre finit de s'habiller. Ses doigts nerveux tressent les cheveux rebelles d'un geste rapide. Coiffée d'un bonnet de laine, elle enfile son blouson.

Avant de quitter l'appartement, elle jette un œil au livre par terre, près du fauteuil. *Tu, mio**. Le titre l'appelle. Elle le glisse dans sa poche. Son talisman.

Dans la rue, elle est aux aguets. Elle ne peut s'en empêcher : ses yeux captent les gestes. Une fille qui se penche pour renouer son lacet de basket, une vieille dame qui courbe le dos, pose son sac de courses, attend un peu, le parapluie dans l'autre main, reprend souffle et repart, lestée du poids de ce qui va la nourrir ce jour-là. Les doigts serrés d'un garçon qui allume sa cigarette, à l'arrêt du bus, sourcils froncés, yeux dans le vide.
Elle aime ces gestes humbles. Ils la rassurent.

Tous, ils lui donnent en instantanés singuliers ce que chacun connaît d'universel. Une affaire d'êtres humains. Elle ne s'en lasse pas.

Elle fait ce qu'elle a toujours fait.
Elle appuie son corps à celui des autres.
Elle écoute leur rythme. Elle le prend.

Il n'y a pas de petits mouvements dans une vie. Elle en est sûre. Ces gestes que personne ne réfléchit, qui n'ont l'air d'être que des passerelles, sont le chiffre de tous les grands mouvements des corps. Ils n'ont rien

* Erri De Luca, *Tu, mio*, éditions Rivages, 2000.

de remarquable. Mais ils font traverser le gouffre du vide toujours présent, dessous. On le sait bien qu'on est tous voués, au bout du compte, à l'immobilité du ci-gît. Alors pourquoi bouger ?
Le verbe "gésir" ne se conjugue pas facilement. Est-ce que la grammaire dit la peur ?
Lea s'est arrêtée à ces mouvements qui font les vivants à leur insu. Elle veut leur donner droit au regard de tous. Sur scène. Comme si de les regarder vraiment pouvait surgir une révélation. Au moins une espérance.
Sous la pluie, les pensées glissent comme l'eau dans son cou. Elle a froid. A nouveau.

Elle a besoin de celle qui l'a mise au monde, qui l'a sortie de l'immobilité de son ventre pour la livrer à l'air et au mouvement.

La peur revient, se mêle à l'air qu'elle respire, à l'odeur de la pluie. C'est sa façon d'être aujourd'hui. Comme hier.

Elle revoit la petite ville de son enfance en creux entre la falaise morte et la falaise vive. Comme les adjectifs sont étranges. On dit là-bas sans sourciller en parlant des falaises "morte, vive". Le tranchant des adjectifs familiers la bouleverse aujourd'hui.
La falaise vive c'est celle qui bouge encore, peut s'écrouler les jours de tempête. C'est celle qu'il faut craindre.

Les mots sont trompeurs.
Les bourrasques de pluie là-bas, la violence du vent. Chasser le souvenir du jour où. Elle ferme son blouson. Sur ses mains nues, elle sent un frisson glacé. Elle ne porte jamais ni gants ni bagues. Rien entre l'air et ses mains. Elle regrette la chaleur des mains de Bruno, grandes, enveloppantes, quand ils se promènent tous les deux. Mais Bruno ne peut pas accompagner sa marche d'aujourd'hui. Elle n'ira pas taper à la porte de son atelier. Il y a des jours où elle n'est pas une compagne possible.

Au fond de ses poches, elle cherche les petits cailloux qu'elle rapporte toujours de ses promenades sur les plages, de quoi tenir compagnie à ses doigts ici, quand elle vagabonde dans les rues. Elle retrouve le livre, en caresse les bords à l'aveugle. Elle laisse à nouveau la langue de sa mère parler en elle. *Tu, mio.* Elle se réfugie.
Dans le souvenir de la cuisine, tout va bien. Quand la mère se levait, les légumes épluchés, pour préparer le repas, elle, elle sortait et sur le chemin, vers la plage, elle essayait de chanter la même chanson.
Mais elle n'avait pas les mots.
Elle imitait la chanson de sa mère dans la langue que personne ne lui apprenait. Elle ne pouvait qu'imiter.
La mère disait, têtue Ton père voulait le français, rien que le français. Et voilà. Les

phrases qui commençaient par Ton père voulait ou Ton père ne voulait pas bordaient son enfance.
Sa vie trouvait ses limites à des paroles testamentaires. Pas ses désirs.

L'autre langue, interdite, continuait à vibrer. Elle enfonçait plus profond son talon dans le sable. Elle n'avait pas les mots. Elle avait la vibration. Dans tout le corps. Et elle dansait.

Personne ne peut empêcher de danser. Même mort.
Elle pense La danse me sauve. Mais de quoi ?

Toutes les questions qu'elle n'a jamais osé poser dans l'enfance remontent, comme une vague immense, trop haute pour la mémoire. Sa mère disait Celui qui a vu *il terremoto e il maremoto** ne craint plus rien du monde. Aujourd'hui Lea sent qu'*il maremoto* menace. C'est en elle.

Dans les rues mouillées de la ville, elle marche à grands pas.
Fatiguer le corps. Chercher l'épuisement. Elle psalmodie en silence des mots comme jadis. Une marche d'Indienne.
Elle nomme ce qu'elle voit en italien. Ça lui occupe la tête. Elle a appris dans les livres. Rien que dans les livres.

* "Le tremblement de terre et le raz de marée."

Il lui a fallu le silence des mots écrits pour oser entrer dans la langue de sa mère.

Elle, la plante de ses pieds s'est toujours appuyée à la façon qu'a la mère de prononcer les *r*, presque liquide, d'ouvrir les *a* comme ses bras, brusquement, en écartant le monde entier pour l'accueillir. C'est sur ces résonances qu'elle sait marcher.

Aujourd'hui, dans la ville, elle a du mal à trouver son pas.

Elle redevient petite, toute petite. Son corps à elle aussi peut disparaître ?
Son père mort, elle ne l'a pas vu. Il était déjà dans un cercueil quand on lui a permis de venir dans la chambre. On ne voulait pas qu'elle le voie. Défiguré par sa chute. Pas un spectacle pour une petite fille. Elle se rappelle encore les coups de marteau qui enfonçaient les clous. On avait protégé ses yeux, pas ses oreilles. Ça bat dans sa tête. Ça fracasse toujours. C'est la tempête…

Alors des phrases toutes simples lui viennent Ne prends pas froid Fais attention. Depuis quelques années, depuis que sa mère est devenue encore plus frêle, elle pense à elle comme à l'enfant qu'elle n'a pas. Quelque chose s'inverse.

La vieille dame ressemble aux petites bêtes légères et affairées. Un poids posé encore

sur le sol alors que tout en lui est tendu pour l'envol.
Ses points d'appui sont dans l'air.
Lea a passé son enfance à avoir peur. C'est cette peur-là qui est revenue ? Comme si les paroles sorties de la bouche de sa mère allaient définitivement manquer à son corps pour le garder sur terre ?

Tableau 3

NAPLES 1941

Romilda est assise. Devant elle, une tasse de thé. Elle n'est pas habituée au thé. Elle boit ce que lui dit de boire l'homme qu'elle aime.
C'est lui qui dirige sa vie dans cette maison.
Il lui apprend les bonnes manières.

Il est le seul à entrer dans sa chambre sans frapper.

Elle ne peut s'empêcher d'attendre qu'il la prenne dans ses bras, la regarde, lui caresse la tête. Il s'occupe d'elle comme d'une poupée précieuse, lui peint les ongles, lui tresse les cheveux, puis l'abandonne, seule, dans cette chambre.
Et chaque coup frappé à la porte fait d'elle à nouveau Suzanne.

Quand il revient, c'est le petit matin.
Il s'allonge près d'elle.
Elle attend son sommeil.

Alors elle cale sa respiration sur la sienne. Leurs poitrines se soulèvent d'un même souffle. Personne ne lui demande plus rien. Ils ne font que respirer ensemble. Et c'est tout ce qu'elle veut. Elle peut rêver leur amour. Encore.

A leur réveil, tout recommence.
Elle apprend à le haïr.

Lea s'accoude à un pont. Elle a toujours eu besoin de l'eau dans une ville. C'est toujours vers le fleuve que ses pas la mènent. Il lui faut l'eau qui reflète les arbres, les façades, glisse, pour poser ses pensées.

Petite, elle a appris à guetter les signes de ce qu'on cache. C'est dans le corps que cela a lieu. Et cela se reflète aussi, partout autour. Les mots ne viennent qu'après. Ou pas.

Avec sa mère, les mots n'ont jamais été de mise.

Lea relève la tête. Elle se retourne, s'adosse au pont derrière elle. Elle se force à croiser le regard des passants. Visage à visage inconnu. Que le manège tourne.

Se laisser envahir par le monde alentour, c'est tout. Ne plus rien chercher. S'oublier dans les corps en mouvement autour d'elle. Oublier cette peur qui la tenaille. Chasser la rage qui arrive en plus et qu'elle ne maîtrise pas. S'en tenir à ce qui lui permet de respirer large. Comme lorsqu'elle tient un équilibre, la pensée tout entière concentrée sur le point secret où elle s'arrime, là, derrière la nuque, central, chaud, intouchable.

Elle appuie le bout de ses doigts sur la pierre froide du pont derrière son dos.

La seule chose qui l'aiderait à se retrouver vraiment, c'est la poitrine de Bruno, ses mains sur sa peau. Elle le sait. Quand ses lèvres à elle cherchent sa chaleur, son odeur, elle oublie tout.

Ce lien-là la bouleverse. Lier son corps avec cette force à un autre corps, c'est du vertige. Bruno parle peu. Il la tient serrée contre lui. Quand elle y est, elle voudrait y rester toujours. Et elle a peur. Elle a toujours fui avant d'être attachée à quiconque. Et lui, elle ne veut pas. Pourtant.

Elle a oublié son portable. Une fois de plus. Tant mieux. Ce serait si facile de lui faire la surprise d'appeler, d'apparaître à la porte de son atelier. Il ouvrirait les bras. Comme d'habitude. Et elle, elle n'est pas comme d'habitude. Ce serait tricher. Elle n'aime pas tricher.

Lea soupire fort. Un homme qui passe lui sourit. Elle sourit aussi, comme les enfants, en retour. Le sourire demeure et lui fait du bien. L'homme n'en saura jamais rien. C'est ce qu'elle aime dans la ville.

Le sourire échangé la remet en route.

Attirée par l'envie de voix autour d'elle, de chaleur, elle pousse la porte d'un café. La buée sur les vitres isole de la rue. D'emblée, elle sent qu'elle a bien choisi. La femme qui vient prendre sa commande a la voix et les gestes lents. Elle ne sourit pas, elle. Mais le sourire serait de trop. Quelque chose d'accueillant se dégage de sa démarche, de son corps un peu lourd. Quelque chose de reposant.
Le vin chaud que Lea a commandé est parfumé d'épices. C'est bien l'odeur qu'il lui fallait. Elle laisse son palais s'imprégner des effluves de l'hiver avant de se livrer au goût. Elle laisse venir la mémoire. Attentive aux saveurs, sa mère choisissait longuement les herbes pour préparer les poissons. Et elle, elle laissait le fumet délicat passer de son nez à sa bouche. Elle jouait à pressentir le goût. Puis elle s'occupait à le garder précieusement au secret de son palais. Son père et sa mère parlaient peu. Le dimanche, sa mère lui mettait un ruban dans les cheveux et elle restait muette, empruntée de cette coiffure inhabituelle, recueillie dans le parfum et le goût du plat.
Elle a peu de souvenirs d'avant la mort de son père. Celui des repas est tenace. Il lui arrive d'en rêver encore.

Elle boit le vin chaud. En même temps, son regard découvre des esquisses de nus accrochées aux murs du café. Elle remercie ses pas de lui avoir offert ce lieu.

Peu à peu viennent les images pour la scène. Le corps de sa mère, sur un panneau central. Les mouvements des danseurs, rythmés par l'angle de son coude, la stricte mesure de ses épaules qui ouvrent dans l'air l'espace exact, comme découpé d'avance, de sa silhouette.
Des images, des images.
A partir de ce corps-là.
Sa perfection et sa fragilité.

Sur le livre sorti de sa poche, Lea prend à la hâte des notes dans les marges.

Elle a hérité de la stature de son père. Grande, les épaules marquées, la chevelure rousse. Si peu semblable à sa mère, elle n'a cessé d'admirer le corps menu qui l'avait portée, les longs cheveux lisses si noirs.

C'est sa mère qui lui a fait aimer le corps humain.

Les dos, l'articulation des vertèbres, la tenue des omoplates, le mouvement à peine perceptible d'un bassin, l'onde qui remonte la colonne jusqu'à ployer la nuque. Dans les marges du livre maintenant, Lea dessine, elle trace à traits rapides les mouvements. Elle sent venir le rythme du spectacle.

Le corps humain tout entier, au repos ou en mouvement, est un acte d'amour.

Et elle le sert.

Tableau 4

NAPLES 1941

Entre les jambes écartées de Romilda, la tête d'un homme.

D'abord le silence.

Le front contre son sexe, il bute.

Elle le sent qui tape à coups répétés.

Elle n'a pas mal. Les yeux grands ouverts, elle s'est enfuie. Elle est dans son livre. Entre les pages fermées, sous son lit. Réfugiée. Elle se répète des phrases entières.

Puis les sanglots. Rauques.

L'homme pleure. Il n'y arrive pas. Il n'y arrive plus. La guerre l'a eu. Il faut qu'il y reparte. Il ne veut pas mourir sans avoir encore une fois... il lance des mots sans suite, entre ses cuisses. Elle sent ses larmes contre son ventre. Il embrasse son ventre, retourne au sexe. Il n'y arrive pas.

Il s'est mis à la fouiller de sa langue. Sans arrêter de pleurer.

Romilda sent alors une vague la soulever. De son sexe, un rayonnement, intense. Du plaisir. C'est la première fois. Elle ne savait même pas que ce plaisir existait.

Dans les larmes de l'inconnu, elle est saisie, emportée tout entière. Immobile, elle est envahie.

Dans les larmes de l'homme, ses mots inarticulés, elle connaît la jouissance.

Elle se rappellera cela toute sa vie. Et la honte.

Dans le café, Lea travaille bien. La chorégraphie se met en place. Et avec l'euphorie si particulière qui accompagne son travail surgit à nouveau l'envie des mains de Bruno sur elle. Son corps massif, plein. Cette capacité qu'il a à occuper une place dense, inamovible, dans l'espace. Contre lui, elle existe sans question. Ce sont les esquisses sur les murs qui la ramènent à son atelier ? Elle chasse le désir. S'en veut de le chasser.

Elle revient au café, laisse errer son regard autour d'elle. Un homme est entré, silhouette étrangement arrondie par le poids d'un bébé qu'il porte sur le ventre, dans une hotte rouge. Il s'installe sous un des tableaux. Avec des précautions infinies, il donne le biberon au bébé. C'est doux et incongru. L'homme n'est préoccupé que de sa tâche. Il a le visage penché, tendu vers l'autre petit visage offert, les yeux clos au plaisir de téter.

L'homme regrette-t-il de n'avoir aucun sein à offrir à la bouche minuscule ?

Est-ce que la peau des bébés est aussi douce qu'on le dit ?

Lea revoit le ventre rond d'Hélène, sa danseuse fétiche. Elle ne pourra pas jouer cette fois. Elle a trouvé à la remplacer mais elle lui en veut. Elle se sent lâchée. Elle est incapable de partager vraiment le bonheur d'Hélène qu'elle connaît depuis si longtemps et elle s'en veut encore plus. Toutes les femmes de son âge veulent un enfant. Panique à bord. Les quarantièmes rugissants… elle se moque mais elle se regarde depuis quelque temps comme on retourne une poche vide. Ce désir-là, elle ne l'a pas. Elle ne l'a jamais eu.

Ce n'est pas normal, lui a dit un jour, timidement, sa mère. Pas normal. Et alors ?

La patronne du café vaque tranquillement dans la cuisine, derrière le bar, et Lea se dit que tout se complique toujours dès qu'on quitte les cuisines. Remplir d'eau une casserole, mettre à chauffer ce qui doit être chaud, c'est simple. Comme remplir un verre, le boire, puis le laver au robinet. Il n'y a aucune place pour les questions dans les cuisines. On fait, c'est tout. Sa mère avait ainsi défini leurs vies et elle s'est toujours tenue à ces gestes simples elle aussi dans les lignes embrouillées de l'existence. Un fil d'Ariane. Les gestes se suffisent. Et basta.

Le désir, elle en avait fait quoi, sa mère ?

Lea se rappelle ses robes noires. Quel âge avait-elle ? Quarante-sept ? Quarante-huit ? Même pas cinquante ans. Et veuve.

Elle la revoit, les jours de marché. Sa mère entrait toujours seule dans la petite bibliothèque sur la place. Elle la laissait, elle, dehors, à attendre. Pourquoi ? Elle faisait vite, sortait, furtive, lui caressait la joue, un geste d'excuse, les livres glissés au fond de son panier, comme une voleuse. Ils disparaissaient sous son lit dès leur retour. Que pour elle. A la nuit. Pour faire passer les heures sans sommeil. C'est ce qu'elle disait. Un remède ? Parfois quand sa mère était dehors Lea grimpait jusqu'à sa chambre sous le toit. Elle aventurait sa main sous son lit, les ressortait un à un. Les titres sur les couvertures parlaient d'amour, toujours. En gros caractères. Et en français. Elle les touchait, n'osait pas les ouvrir. Elle faisait attention à les remettre exactement à la même place.
Sa mère s'était contentée de romances de papier ?
A quoi bon les questions ?

Lea retourne aux nus sur les murs du café. Elle se concentre.
Oublier le reste. Essayer de saisir ce qui du mouvement est encore là, dans l'immobile, capté par le peintre. Tenter de le retrouver en suivant la courbe d'un bras, le repli d'une jambe. C'est fascinant.

Bruno lui demande de poser pour lui. Elle voudrait tant pouvoir dire oui. Mais la simple idée de son corps immobile offert au regard l'arrête. Pas de pose possible pour elle. C'est tout. C'est non.

Le vin chaud lui fait une peau d'été à l'intérieur. Elle en commande un autre. Elle retrouve la sensation pénétrante de la chaleur que diffusaient de ses reins jusqu'à ses épaules les pierres saturées de soleil, quand, petite, elle restait adossée au muret qui entourait leur jardin, le regard perdu sur le chemin et la falaise.

Elle laisse les esquisses de nus aux murs du bistrot adoucir toutes ses pensées de leurs courbes.

Elle imagine des corps pleins, ronds, pour entourer le corps d'oiseau de la mère. Le lester.

Juste au-dessus de la banquette où est assis l'homme à l'enfant, dans un vieux cadre doré, un tableau retient son regard. C'est un lavis, très pâle. La femme est allongée de côté et sa nuque est comme étirée. Par quoi ? Il faut imaginer. Juste la tension qui maintient la tête au bout d'une ligne invisible et le visage tourné vers le ciel. C'est l'équilibre, parfait, entre cette tension et l'abandon qui la retient. C'est exactement à cela qu'elle voudrait parvenir. Une justesse.

Gagnée sur la peur.

Tableau 5

NAPLES 1942

Depuis deux ans, Romilda n'est plus personne.

Elle n'a pas de clef pour fermer sa porte. Rien dans sa bouche pour articuler le refus.

Sa force, elle l'a perdue pour un homme, un seul. Celui qui règne sur elle dans la grande maison. Celui qui l'a asservie.

Les autres hommes qui entrent dans la vaste chambre au papier peint champêtre portent sur leur dos la charogne du monde. Ils ont tout fait, tout ce qui rend les êtres abjects pendant une guerre et là, dans le silence, avec elle, ils essaient de retrouver des gestes oubliés. Ceux d'avant. Parce qu'elle est jeune. Parce qu'elle est fragile et belle. Elle les relie au temps où ils étaient seulement des hommes, pas des soldats. Et c'est elle qui incorpore la charogne du monde.

Elle connaît maintenant la guerre par la peau.

Leur sueur, leur odeur, le toucher de leurs doigts ont fait d'elle un palimpseste vivant

de la guerre. Ils ne savent pas qu'ils inscrivent chacun leur histoire sur elle, en elle.
Tatouée, à l'intérieur. Elle est l'envers du monde.
Une bête de guerre et de nuit.

Pour les viols, les tortures, ils ne paient pas.
Pour elle, oui. Et très cher.

Romilda a un prix.
Elle apprend. A n'être plus personne.

Plongée dans la lecture de son livre maintenant, Lea a commandé un autre vin chaud. Le livre raconte l'étrange forme d'amour d'un jeune garçon pour une jeune fille juive qui revoit en lui son père mort. Une sorte de possession de ce garçon. Il parle comme le père par moments, prend même des gestes de ce père inconnu. L'histoire est d'une beauté étrange et la langue comme moulée aux corps des personnages. Lea est emportée. Le personnage du pêcheur qui parle au jeune garçon en mer ou sur la plage, de façon pudique mais sans rien cacher, de l'occupation italienne en Yougoslavie, de la place de l'armée italienne auprès des nazis, la trouble. Le garçon et la fille sont en vacances sur une île près de Naples.

Sa mère aussi a grandi à Naples à ce moment-là. Elle n'en parle jamais. L'histoire, la grande, ramène Lea à sa toute petite histoire, celle de cette femme et de cet homme qui l'ont conçue.

Elle se rend compte qu'elle ne peut pas les imaginer jeunes, penser leur rencontre. Ils se sont connus en France, après la guerre. Sa mère lui en a dit très peu de choses. Son père, rien. Elle n'a aucune image possible de ces deux-là ensemble avant ses souvenirs à elle de toute petite fille. Rien. Et sa mère n'a pas une seule photographie.

Elle continue à boire lentement, sent l'ivresse la gagner. Et pourquoi pas ? C'est comme un défi. Elle sait qu'elle ne boit jamais, ne supporte pas l'alcool, et alors ?

Elle repense aux derniers mots du curé qui avait osé venir jusqu'à elles deux, après la mort du père. La paix soit avec vous.

Le pays était soucieux de l'éducation des petites âmes. Sa mère se tenait très droite, dehors, devant la porte. Pas question que le curé entre. Elle avait dit en poussant le menton comme pour le chasser de sa vue Elle décidera quand elle aura l'âge. Elle, c'était Lea. Pour sa mère, l'affaire était faite. Elle avait refusé les sacrements pour le père. Impossible de l'imaginer agenouillée. Le curé était reparti, avec toujours un sourire très doux sur les lèvres.

Et sa mère avait craché par terre.

Elle s'était changée, sous les yeux de Lea, en animal sifflant de rage.

Pétrifiée, Lea avait assisté à sa colère. Son ventre de petite fille en avait gardé l'empreinte. Une pierre ardente.
Sa mère n'avait plus dit un seul mot pendant trois jours. Lea avait passé son temps à l'écart sur la plage.

Sa mère lui faisait peur.

Elle, elle ramassait des cailloux percés en leur centre, les plus difficiles à trouver. Elle s'occupait toute à cette quête. Elle avait fabriqué des colliers de sauvage. Un pour la mère, un pour elle. En le lui passant autour du cou, ses yeux clairs avaient cherché les yeux noirs de la mère. Lea avait dit gravement Pas de Dieu, elle n'a jamais su pourquoi. Sa mère l'avait regardée comme si elle sortait d'un étrange rêve, et s'était mise à pleurer. Sans bruit. Comme soulagée. Elle la tenait contre elle. Lea répétait Pas de Dieu Pas de Dieu.

Elle ne sait plus comment la vie avait repris son cours. Elle ne se rappelle que les bras et les larmes.

La colère immense de sa mère lui est restée indéchiffrable.

Les portes des églises, Lea aime les ouvrir dans le silence aujourd'hui, pour la lumière sur les pierres.

Dans le café, elle se demande si sa mère a craché un jour sur le seuil d'une église.

Tableau 6

NAPLES 1942

Romilda est à l'hôpital. Dans un dortoir réservé aux femmes comme elle. A part. Elle a attrapé une maladie transmise par les soldats.

Les sœurs à cornette qui la soignent le font sans un mot. Leur calvaire sans doute.

Elle, sans les douleurs terribles qui lui cisaillent le bas-ventre, se sentirait au paradis.

Ici on l'appelle à nouveau Romilda. Aucun homme ne l'approche. Elle est tranquille. Les yeux fermés, elle voudrait être malade longtemps. Mais les sœurs n'ont de cesse que les femmes comme elle ne débarrassent le plancher.

Sauf une, aussi jeune qu'elle, qui lui tient parfois longuement la main et lui parle de dieu.

La jeune sœur a remplacé le livre d'amour de Romilda. Les mots sont les mêmes, ou presque, et la douceur de sa main, ineffable.

Romilda rêve qu'elles s'enfuient toutes les deux loin de cette Naples en folie, loin de tout.
Le jour de son départ, elle demande à la jeune sœur son nom. Elle pleure Garde-moi, garde-moi.

La jeune sœur pleure aussi et détache la main de Romilda de la sienne.
Dans un souffle elle murmure “Lea.”

Dans le café, Lea fait signe à la patronne et quand elle est près d'elle, toute proche, lui demande C'est vous n'est-ce pas, là, sur le tableau ? La femme sourit et acquiesce de la tête.
Et brusquement, de la tête aux pieds, Lea l'envie. D'être là, paisible, dans son royaume, protégée par l'amour d'un homme qui a passé des heures à la contempler pour la dessiner. Des preuves inaliénables que le regard de cet homme a cherché à connaître d'elle ce qu'aucun sourire ne peut donner, ce que recèle, à son insu, tout corps vivant.

Est-ce qu'elle, elle n'est montée sur scène que pour cela ?

La femme est repartie, souriant toujours, sans un mot, vers la cuisine.

Pourquoi est-elle incapable de poser comme cette femme l'a fait ?

Elle ne sait offrir au regard que le corps conscient. Même à Bruno. Tenir la pose, c'est s'abandonner. Ce paradoxe, elle ne peut pas. Les peintres attendent le moment du renoncement. Elle le sait. Comme la petite chèvre de M. Seguin, le moment où cesse la lutte. Renoncer à imaginer son propre corps. L'oublier. Le confier à celui qui, de l'autre côté, peint. Parvenir juste à habiter le lieu.

Avec le mouvement de la danse, elle traque exactement l'inverse. La conscience dans chaque muscle, aiguë, que le cerveau appelle.

Rassembler tout l'être dans le corps, le tenir, le tenir.

Bruno lui dit Tu t'épuises.

Elle le sait. Elle est vouée à cela. L'épuisement, elle le cherche. En bonne Danaïde, elle se voit aller encore et encore remplir son seau. Et elle voit l'eau couler tout le long de ses pas.

Sa mère remplissait le sien aussi, sans faillir. Le corps toujours actif. L'a-t-elle jamais saisie parfaitement immobile ? C'est l'image de la mort qui lui vient.

Quand elle sort du café, la pluie a cessé. Lea essaie de se défaire de l'ivresse qu'elle sent engourdir ses membres. Elle inspire longuement l'air frais, marche à grands pas.

Elle a pris une décision.

Sans réfléchir.

Et elle va s'y tenir.

Avant de s'en aller, elle a observé la femme du café pour comprendre. Comprendre sa lenteur, sa densité. Faire corps avec elle. Marcher entre les tables, ses jambes glissées à l'intérieur des jambes lourdes de la femme. Faire corps. Prendre son mouvement. Le mouvement, c'est l'être. Pour s'oublier. Oublier le vertige, les questions. Aller lentement dans le café avec elle, se pencher vers le tout petit bébé, lui caresser la tête. Plus aucune peur quand elle réussit à être la femme du café et que son bras comprend le poids du sien. Elle devient le moule vivant de chacun de ses gestes.

Comprendre le mouvement, c'est son travail. Et, quand elle est vraiment au travail, rien ne creuse plus la terre sous ses pieds. L'audace revient.

Vite, elle a avalé un dernier verre. Pour garder sauve sa décision.

Maintenant dans la rue elle marche, le regard droit devant elle, elle s'accroche à des mots dans sa tête pour ne pas faiblir. "Espace" "air"… Quelque chose de l'océan reprend place. Quand il y a un vent très fort sur l'eau, des ondes circulaires se propagent, créent des vagues sous-marines. Le vent leur donne une force que rien n'arrête. Elles repoussent les algues, les petits galets, tout. Elle a toujours aimé regarder cet élan. Elle s'est approprié ces ondes. Dans la rue, elle appelle le vent de toutes ses forces. Elle espère. Que les ondes souterraines fassent refluer loin tout ce qui opacifie. Qu'elle retrouve la lumière de l'aube, comme lorsqu'elle allait l'attendre au bord de la mer. Et la rive, nettoyée.

Alors le mot "caillou". Elle le répète en silence comme si elle appelait des petites bêtes à nourrir, en écoutant bien le son. Le "ka" qui ouvre large et le son "ill" qui relie comme la salive lie tous les mots dans la bouche, leur permet de glisser du dedans au dehors. Le "ou" qui clôt la bouche en attente. Quand elle prononce bien "caillou" à l'intérieur d'elle, elle est petite, elle se penche sur le sable, ses doigts saisissent quelque chose que le vent et la mer ont roulé.

C'est du temps durci.

Elle se leste.

Ça va.

Cail-lou. Cail-lou. Lea rythme sa marche dans la grande ville. Elle sait où elle va.

Bruno ne la questionne jamais sur ce qu'elle a vécu avant lui. C'est bien. Et elle, qu'a-t-elle besoin de savoir d'autre que son corps ?
Elle a appris le frémissement de sa peau nue. Elle a appris le décroché de ses épaules quand il s'endort, sa respiration plus sourde comme d'un air plus dense dans le sommeil.

Elle vit avec ces menus savoirs. Ils lui suffisent. Qu'il ait aimé d'autres femmes avant elle ne l'intéresse pas. La peau de cet homme lui va. Et si d'autres femmes l'ont caressée, elle, elle la sent comme sienne. Elle n'a envie de rien d'autre. L'odeur de Bruno, le poids de ses épaules dans ses mains, son ventre chaud, toujours chaud. Bruno, c'est son océan.
Si un jour il s'écarte d'elle alors il n'y aura plus rien pour relier son corps au monde et elle sera devenue une île. Inabordable.

Elle va poser pour lui.
Elle serre fort le livre dans sa poche. *Tu, mio.*
Il faut poser pour lui.

Quand elle apparaît sur le seuil de son atelier et qu'elle lui annonce sa décision, il a l'air incrédule. Tu es sûre ?

Elle ne répond pas, se déshabille. Vite. Tant mieux pour le reste d'ivresse. Ça l'aide.
Il emporte ses vêtements dans la chambre.
Désemparée soudain, elle garde près d'elle, d'un geste vif, ses chaussures. Si peur de paraître idiote.

Maintenant elle est nue et ce n'est pas pour faire l'amour.
Lea ferme les yeux.

Elle n'a jamais eu aucun goût pour la nudité inutile et ce n'est pas une affaire de pudeur. Ce qui est terrible c'est d'être nue, sous le regard de Bruno, sans les gestes de l'amour. Sa première émotion de lui c'est sa main sur sa peau, avant même son visage. C'était à la fin de son dernier spectacle, elle était entourée, fêtée. Lui avait juste posé sa main sur son épaule. C'est sa main qu'elle avait suivie jusqu'ici. Le soir même. Aveuglément. Elle si défiante de nature… C'est sa main qui ne l'a jamais trompée.
La main du peintre ?
Aujourd'hui cette main l'éloigne, la pose sur une chaise et tout son corps passe au tamis du seul regard. Elle a froid. Le feu dans la cheminée n'y peut rien.

Elle s'efforce de penser aux moments où elle aime être nue. Pour oublier qu'elle est ici.
Elle essaie. Elle imagine. Nager, faire l'amour. Ne pas être assise sur cette chaise.
Elle ne peut pas être assise, nue sur cette chaise. Qu'est-ce qu'elle fait ici ?
Elle est exposée. Un regard la détaille. Elle ne s'appartient plus.
Ça ne peut pas être elle.
Dans sa tête, ça cogne.
Contre sa peau.
C'est la rage de la bête enfermée qui cogne soudain.
Fuir. Ne plus être ici. Fuir.

La voix de Bruno lui parvient. Ses mots disent qu'ici ou quand elle danse, c'est pareil…
Quelle bêtise. Il ne comprend rien. La nudité, pour un spectacle, c'est pensé, c'est décidé. Il y a une justesse. C'est un choix. Et sur scène c'est elle qui conduit le regard du spectateur. Elle est libre.
Il ne comprend pas ?
Ici elle n'est pas libre.
Il faudrait lui hurler tout ça à la figure. Elle ne peut pas. Une pierre dans la bouche.
La rage, immense, lui serre le ventre.
Bruno s'est tu.
Il travaille. Il ne voit rien d'elle. Rien.
C'est ça l'homme qu'elle aime ? C'est quoi son amour ?

Quelle folie d'être venue. C'est le démon qui la travaille depuis ce matin. Une fois de plus. Elle a la peau à l'envers.
Elle ne peut plus que fuir. Vite. Loin. Sans penser à rien.

La voix de Bruno revient, lente, basse. Il détaille son corps avec des mots.
Elle est encore plus nue d'entendre nommer ses épaules qu'il faut relâcher, son ventre. Il dit Laisse, ça va se faire tout seul.

Il faudrait hurler Non rien ne doit se faire tout seul. Je ne veux pas. Ce n'est plus moi. Moi je ne peux pas lâcher mon corps une seconde tu entends ? C'est ça la femme que je suis. Une folle. Une vigie de chaque instant. Pas celle que tu veux peindre. Ce n'est pas moi. Pas moi !

La pierre noire obstrue sa poitrine.
Lea essaie de se calmer mais elle étouffe.
Qu'est-ce qu'il voit d'elle ?
La lumière d'hiver entre à travers le rideau.
Elle, c'est une femme nue tournée vers cette lumière un peu grise, une tasse de porcelaine à la main, le bras en appui sur le dossier de la chaise, la jambe droite croisée sur la gauche. Il a choisi l'inclinaison de sa nuque, tourné son visage vers la fenêtre.
Il l'a voulue tranquille.
Elle se sent déplacée. Forcée.

Si elle ne veut pas perdre Bruno comme elle a perdu tous les hommes qu'elle a approchés, il faut tenir, calmer l'horreur qui l'a saisie. Il faut jouer un rôle. Elle sait faire sur scène. Ici il faut qu'elle y arrive aussi. Se glisser sous la peau de la femme à la lumière d'hiver. Un travail. L'imaginer. Celle qu'elle pourrait être si. Une terrible envie de pleurer lui étreint la gorge.
Ne rien montrer.
Elle tente de retrouver le rythme de sa respiration.
Elle essaie de se mettre au travail, comme lui.
Quelle est cette femme qu'elle doit incarner ?

A quoi se prépare celle qu'il peint dans ce moment d'abandon ?
Quelle est son espérance ?
C'est toujours par son espérance qu'on connaît quelqu'un. Un être ou un personnage, c'est pareil.
Quelle est son espérance ?
Si seulement elle pouvait atteindre ce point aveugle qu'elle regarde tout au fond d'elle.

Elle ne peut pas. Elle n'y arrive pas.

Elle est sous le regard de Bruno et ce n'est plus le même.

Qu'il la rassure. Qu'il la prenne dans ses bras, qu'il oublie sa peinture, tout.
C'est quoi son espérance à lui ?
C'est quoi son désir d'elle ?
Elle est si mal. Il y a quelque chose qu'elle pressent depuis le matin, qui est là. Un péril. Terrible.
Elle essaie de respirer large. Elle a bu trop de vin tout à l'heure, n'arrive plus à rien.

Il se tait. Elle se sent prisonnière.

Oh sortir de ce corps.

Ce qu'elle est venue chercher c'est ce qu'il veut. D'elle, Lea. Et c'est comme si elle n'était plus personne.

Elle se récite à nouveau des mots en italien, des noms de peintres, de tableaux.
Elle essaie d'échapper dans sa tête.
Rien à faire.
Elle est nue, assise sur cette chaise, devant un homme qui la regarde.
Insupportable.
Alors la rage et sa lutte de toujours, elle les sent là, en elle, qui prennent toute la place. Elle redevient cette femme farouche qui a quitté tous les hommes qu'elle a aimés. Tous. Il y a toujours eu ce point de rupture où plus rien ne peut la retenir.
La fuite.
Au risque de la désolation, elle connaît. Ce qu'elle ne connaît pas, c'est ce qui la mène jusque-là. Dans cet état de haine absolue, irrépressible. Comme si l'homme qu'elle aimait voulait la détruire. La détruire. A nouveau, elle est cette femme qu'elle déteste, qui fuit, se protège.
De quoi ? Mais de quoi ?

La pierre dans la poitrine, et les larmes qui montent. Voilà.

Et soudain elle voit. C'est dans les yeux de sa mère. C'est dans les yeux de sa mère qui la regarde. Ça a toujours été. La peur est là et la révolte.

Lea ne peut plus rien retenir. Elle est envahie.

Une vague immense. Elle pourrait tuer pour sortir.
Mon dieu.
Bruno, ne parle pas.
J'ai le sang qui bat trop fort. C'est là, tout près. Je pourrais savoir. Je pourrais mourir.
Insupportable.

Elle s'est levée, a attrapé à la volée son sac, son imperméable à lui, là, à portée de main. Vite. Se couvrir. Se couvrir. Elle a glissé les pieds dans ses chaussures, a couru à la porte.
Ecarte-toi, Bruno. Ecarte-toi.
Il a avancé la main. Elle l'écarte du bras.
Elle court. Elle pleure.
Elle est dans la rue.
Une folle.

Il pleut toujours.
Elle voudrait se noyer.
Elle évite les passants. Ses jambes trouvent toutes seules sa ligne de fuite. C'est ce qu'elle sait faire de mieux, voilà ce qu'elle se dit et ses sanglots lui crispent la gorge. Elle court, se faufile entre les passants.
Elle esquive tout contact.

Tableau 7

NAPLES 1942

A sa sortie de l'hôpital, Romilda est seule. Jean-Baptiste n'est pas venu la chercher.
Il n'est pas venu la voir non plus tout le temps où elle a été soignée là-bas.
Romilda ne se résigne pas à quitter la petite place devant l'hôpital. Elle guette. Elle voudrait tant qu'une main fine et douce soulève un rideau, lui fasse signe. Pourquoi la laisse-t-on repartir ?

Elle manque de force pour faire le chemin jusqu'à la grande maison, seule.

Pourquoi rentrer là-bas au lieu de courir chez sa mère ?
Est-ce qu'en ne venant pas, Jean-Baptiste lui laisse une chance de choisir ?

Ce qui la lie à Jean-Baptiste n'a pas de nom.

Pour être libre, il faut apprendre. Elle n'a pas appris.

Longtemps elle reste assise sur un banc dans le petit square devant l'hôpital. Elle attend, dans une confusion extrême. Que quelqu'un vienne.
Que quelqu'un lui dise quelque chose.
Qu'elle reconnaisse enfin un chemin comme sien.
Les grands arbres autour d'elle filtrent la lumière. La tête levée elle regarde les toutes petites feuilles vertes du printemps dans le soleil.
A l'envers.

Elle va avoir dix-huit ans.
A cet âge sa mère était déjà mariée.
Qui pourrait vouloir d'elle aujourd'hui ?
Mais la seule vraie question c'est qui pourrait-elle vouloir d'autre que Jean-Baptiste, elle ?

Les autres hommes ne sont rien. Rien.
La jeune sœur et sa main si douce sont interdites.

Elles vivront toutes les deux comme avant leur rencontre. Chacune enfermée entre des murs. L'une à l'hôpital, l'autre dans une grande maison faite pour le plaisir des hommes.

Romilda attend, assise sur son banc. Elle espère.
C'est seulement dans les contes que quelqu'un vient et vous guide.
Elle est seule.

Elle ne sait pas choisir sa vie.
Elle en est incapable.
Elle n'a jamais rien choisi. Rien.
Elle est libre ce jour-là et ne sait pas quoi faire de sa liberté parce qu'elle n'a jamais été libre. La liberté ça s'apprend où ?
Si dieu existe c'est maintenant qu'il doit l'aider. Elle prie de toutes ses forces sous les arbres.
Et rien de clair n'arrive jusqu'à sa conscience. Rien pour faire une décision.

Elle n'a pas plus de liberté que le chien perdu qui cherche un maître.

Devant l'hôpital, Romilda sait qu'elle est ignorante et que c'est un malheur. Si elle avait continué à aller à l'école, elle saurait quoi faire de sa vie ? Est-ce qu'on apprend cela dans les livres ?
Elle, elle sait juste avoir peur, lutter contre la peur, survivre.
Parler, penser, elle ne sait pas.

Un homme passe et repasse devant le banc, puis il s'assoit. Bien trop près. Elle n'écoute pas, ne veut pas entendre les obscénités qu'il murmure. Tout son corps se pétrifie. Maintenant les hommes flairent chez elle ce qu'elle est devenue ? Nulle part elle ne sera plus tranquille ? Nulle part.
C'est ça la réponse attendue ?

Romilda quitte le banc devant l'hôpital. Elle sait qu'elle ne reverra plus jamais celle qui a été sa lumière. Elle s'est mise à errer. Les insultes que l'homme a proférées quand elle s'est levée lui font une longue traîne de souillure.
Elle marche comme une somnambule dans les rues.
Disparaître.

Puisqu'elle est incapable de rester libre, puisque personne ne lui vient en aide. Puisqu'elle ne peut être que Suzanne à nouveau et pour toujours.

Son buste qu'elle penche au-dessus du parapet d'un pont ce jour de printemps 1942.
Les yeux secs.
Arrêter l'insupportable. Laisser le poids du corps tout basculer. Abandonner.
Les paupières serrées très fort, les mots obscènes de l'homme encore collés à la peau.
Mais rien.
Ça résiste.
Les jambes raidies contre la pierre.
Le corps qui résiste.
Qui, de sa résistance, accroît la honte. Dure.
Un cristal.
Vouloir vivre.
Son mystère. Pour toute la vie. Comment peut-on ?
Vouloir vivre ?

Malgré.
Une énigme. Au fond d'elle. Irréductible.
Ce jour-là, elle l'a atteinte. Elle a appris. Une fois pour toutes.
Jamais compris. Jamais.

Une bête, c'est ça ?
Elle est une bête ?

Lea a couru sans s'arrêter. Rentrer chez elle. Retrouver sa rue, son immeuble. Sans attendre l'ascenseur, grimper les marches du vieil escalier à toute allure, d'un seul élan, jusque chez elle. La porte refermée, enfin, elle se penche en avant, souffle, fort. Elle tombe à genoux. Oh comme elle voudrait la serviette éponge chaude de sa mère sur ses cheveux. Tu vas attraper la mort. Non. Elle voulait seulement attraper la vie. Vraiment.

Elle reprend haleine, le dos appuyé au mur.

Lentement elle se défait de l'imperméable trempé de Bruno, le laisse à terre, auprès d'elle, nue. Bruno. Mon dieu. Comme elle a mal. Elle ne bouge plus.

La pose, c'est maintenant.

Pour elle toute seule.

Elle fixe les lattes du parquet.

Elle pleure.

Encore une fois elle a perdu.

Elle se retrouve sur son île. Seule. Et désolée.

On dit C'est plus fort que moi. Voilà. C'est plus fort qu'elle.

Du temps passe.

Puis les gestes reviennent. Toujours les mêmes. Ceux qui calment. Seulement quand elle est seule. Avec le temps, elle a appris. Il lui faut de l'eau sur elle.

Sous la douche chaude, elle retrouve peu à peu sa peau. Sa peau à elle. Bien à elle.

Elle laisse les larmes couler.

Quand elle sort de la douche, elle revoit son livre, abandonné avec ses vêtements là-bas.

Tu, mio.

Son cœur ne lui appartient pas. Elle n'est à personne.

Elle s'habille. Au fur et à mesure qu'elle enfile ses vêtements, elle chasse toute pensée.

Il le faut.

Qu'il n'y ait plus de place pour rien d'autre que le départ.

On dit En avoir le cœur net.

Elle n'a jamais eu le cœur net.

C'est là-bas, dans le regard de sa mère, dans son silence.

Le cœur net, il lui faut.

Ses pensées se mettent en place, rapides. Elle en a pour cinq heures de route, six tout au plus. Si elle roule bien, elle arrivera avant la nuit. Elle n'avertira pas de sa venue. Elle ne veut pas du téléphone, pas de cette voix qu'elle ne reconnaît pas.

Au moment d'ouvrir sa porte, elle revoit la main de Bruno qu'elle a écartée. Si seulement il l'avait prise dans ses bras, l'avait serrée contre lui sans dire un mot. Est-ce qu'il l'aurait délivrée ? La main de Bruno est retombée. Il l'a laissée partir. Il n'a pas su. Qui peut savoir ? Elle-même ne sait pas.

Elle écarte l'image de Bruno.

Plus tard.

Plus tard.

Si quelque chose est encore possible.

Si elle a le cœur net.

Dans la petite ville au bord de la mer où vit la mère de Lea, la tempête est attendue. Les consignes de sécurité ont été données à tous dans la salle de la mairie.
La vieille dame s'y est rendue comme tous les autres mais elle n'écoute pas vraiment. Elle est venue pour que personne ne s'inquiète mais la tempête, elle s'en fiche.
Elle a déjà rangé les quelques souvenirs auxquels elle tient à l'étage. Pour le reste, les meubles et sa vieille carcasse, ça n'a plus d'importance. Elle n'a de vrai souci que de son jardin et les jardins, personne n'en parle.

Elle est vite rentrée chez elle, a évité les discussions entre voisins. Personne ne s'en préoccupera, on sait qu'elle est un peu sauvage.

Elle veut être seule.

Le plus étroit des chemins a toujours deux sens. Elle l'a toujours su. Mais elle, ne voulait ni avancer ni reculer. Juste se donner l'illusion qu'elle marchait, comme les autres, de jour en jour, alors qu'elle tentait de faire tourner en rond le temps.

Oublier.

Elle était passée maître dans l'art de l'immobile.

Rien de mieux que la répétition pour faire croire à l'éternité. L'éternité n'est pas un chemin. Elle est ronde. Un cercle n'a pas de sens. On y tourne. C'est tout.

Elle avait consciencieusement passé sa vie à tourner, comme l'âne de la noria.

Mais le cercle a un centre. Un jour le centre appelle attire. Le centre, c'est Lea.

Mère et fille finissent toujours par s'y atteindre.

La mère sait qu'elle a amorcé la sortie du cercle. A nouveau, un chemin. Il faut choisir un sens. Elle a peur. Mais elle est de ces femmes qui s'engagent toutes d'un seul coup et s'y tiennent.

Aujourd'hui il s'agit de se retourner. De regarder. Et de dire. A sa fille.

Elle a besoin de ne plus voir personne, de ne plus parler du tout pour savoir exactement ce qu'elle veut dire.

Et la tempête, ça tombe bien.
Le vent l'a toujours aidée.

Elle sait, depuis le coup de téléphone de Lea, qu'elle ne peut plus reculer. Même si elle le voulait, elle ne le pourrait plus. La machine est en route. C'est elle qui l'a lancée. Elle connaît Lea. Elle est têtue, elle ne renoncera jamais à savoir.

Le médecin lui a dit qu'elle avait le cœur fragile et elle, elle veut avoir le cœur en paix, fragile ou pas. Le médecin a ajouté avec un sourire, comme pour s'excuser A soixante-seize ans, on n'a plus un cœur de jeune fille ! Elle a répondu Si vous saviez comme c'est vrai. Elle a hoché la tête, souri à son tour et elle s'est levée. C'était il y a trois jours.
En la voyant partir, il s'est demandé si elle se moquait de lui, si elle prendrait vraiment les médicaments. Il a succédé à son vieux confrère il y a peu. Il apprend à connaître chacun des patients du cabinet. Il se rappelle les mots de son prédécesseur lorsqu'il a regardé avec lui les dossiers. Avec elle, avait dit son vieux confrère, tu ne risques pas de perdre ton temps. Je n'ai jamais connu de femme moins bavarde. Et c'était bien le cas.

La vieille dame est rentrée chez elle, a fermé les volets, mis les barres. Elle a poussé les serpillières devant les portes, préparé des bougies, des allumettes auprès d'elle. L'arthrose a rétréci ses mouvements avec le temps. Elle peine mais elle n'a besoin de personne. S'il faut tenir un siège, elle tiendra.

Elle s'est installée à la table de sa cuisine. C'est là qu'elle se sent chez elle. Elle s'est fait du café, fort. Et tant pis pour le cœur. Il tiendra lui aussi le temps qu'il faudra. Il a bien tenu jusqu'à ce jour. Malgré tout.

La vieille dame regarde ses mains. Elles ne tremblent pas. Elle pourrait écrire à sa fille, mais voir les mots écrits, c'est dur. Les mots écrits, c'est bien pour faire rêver, pas pour dire ce qu'elle a à dire. Et puis il faut qu'elle ait Lea devant elle, il faut qu'elle sente si elle peut ou pas. Les signes sur le visage de sa fille, elle sait les déchiffrer. Elle saura jusqu'où elle peut aller.

Elle boit son café dans le bol sur lequel Lea, petite fille, a peint son prénom. Romilda. Un prénom qui n'est pas d'ici. En bleu sur le bol de faïence. Elle se rappelle encore son émotion devant les lettres peintes par sa petite. Son prénom revenait de loin. Il entrait par les mains de Lea dans la douceur de la cuisine. La vieille dame se souvient.

Aujourd'hui elle s'inquiète pour Lea. Sa fille travaille et travaille encore. Sur les routes, en tournée, ou chez elle, elle travaille. Trop. La façon qu'elle a de réclamer à son corps ses efforts quotidiens ne lui plaît pas. Lea laisse passer les années et elle, elle la voit devenir une drôle de femme. Belle, sans une once de graisse, c'est sûr. Mais c'est trop. Il y a encore quelques années, elle admirait l'indépendance de sa fille, sa liberté farouchement défendue. Mais aujourd'hui elle se dit que dans quelque temps sa Lea risque de devenir une femme sèche, trop dure.

Elle s'est levée, a allumé la radio puis elle a décidé de faire du pain.

Dans la voiture tout au long de la route, Lea écoute les *Suites* de Bach, en boucle. Plus elle s'éloigne de Paris, plus le temps menace. Elle hésite à mettre la radio. Prendre la météo, des nouvelles de la tempête, ça ne sert à rien. De toute façon il faudra bien qu'elle arrive.

La pluie par moments l'empêche de voir. Elle baisse la vitre, ça ruisselle dans la voiture, elle sort la tête, se guide aux bandes blanches le long de la route. Mais très vite la pluie l'aveugle.

Chaque kilomètre devient pénible.

Elle aimerait s'arrêter comme elle le fait d'habitude, s'attarder un peu à un comptoir, boire quelque chose de chaud, entendre les bribes de conversations des autres. Cela fait partie de ses voyages vers sa ville d'enfance. Une façon de quitter toute une vie pour une autre, par étapes. Mais, aujourd'hui, pas question.

Le jour décline. Elle n'arrivera pas avant la nuit.

Elle se sent coupable de n'avoir averti personne de son départ. C'était au-dessus de ses forces. Il faudra qu'elle appelle de là-bas. Elle pense à cette compagnie qu'elle a créée, se dit qu'elle préfère le travail solitaire. C'est trop de responsabilités, les autres. Déjà avec elle-même, elle a tant de mal.
La compagnie, pourtant c'est sa famille. Une famille qu'elle a construite. Mais qu'elle tient à distance. On le lui a suffisamment reproché. Peut-être n'est-elle faite que pour la solitude ?

Quand elle était petite, elle voulait naviguer. Son père et elle aimaient regarder les bateaux. Elle se souvient. Elle gardait son rêve pour elle. Peut-être avait-il le même ?
Son père est mort en tombant de la falaise vive, un lendemain de tempête. Est-ce qu'il regardait trop les bateaux ?
Elle, elle ne navigue pas.

Peu à peu dans la tête de Lea se déroule le film des images anciennes.
L'école où elle est allée tard, où elle s'est ennuyée. L'alphabet c'est à la maison qu'elle l'avait appris, dans la cuisine, sur un petit tableau noir. Elle revoit la route étroite, sa main dans celle de sa mère. Les regards des voisins sur elles deux. La compassion et la perplexité aussi pour elles qui ne demandaient rien à personne, ne se liaient pas. C'est dans la rue de la petite ville qu'elle a senti sa mère étrangère.

Puis elle se revoit plus grande. La découverte des cours de danse. La merveille. Le mercredi, elle allait seule sur la place à l'arrêt où le bus la prenait, l'emmenait. Ailleurs. Là où elle serait une élève à la barre, exigeante, travailleuse, douée.

Dans le brouhaha embué des autres passagers, elle prenait place. C'était un temps rien que pour elle. L'écart avec sa mère, c'est là qu'il s'est creusé. Elle apprenait à aimer la présence des autres, à aimer la vie chahutée de tournant en tournant, même si elle n'entrait ni dans les jeux des plus jeunes ni dans les conversations des plus âgés. Ni délaissée ni exclue. En retrait simplement. L'espace se recréait autour de son corps où qu'elle soit. C'était dans leur façon de vivre, à sa mère et à elle. Elle avait été élevée comme ça. Et les mots des conversations perdaient leur sens clair dans cet espace-là. Mais elle gardait les voix. Elle contemplait les gestes. Elle aimait la vie en mouvement des autres.

Dans sa voiture, Lea soupire. Elle voudrait à nouveau être dans le bus, assise et rêveuse. Elle roule au pas. Par moments la pluie cesse et elle peut avancer enfin mais cela ne dure pas.

La fatigue la submerge.

Sur le parking d'une station-service, elle s'arrête.

La tête sur le volant, elle s'endort dans la lumière d'un néon. Un sommeil brusque, compact, où elle plonge tout entière. Ce sont des routiers qui la réveillent en tapant sur la carrosserie. Ils rient ils parlent, elle ne comprend pas ce qu'ils disent. Le vent emporte les mots. Pendant un moment elle se demande où elle est. Puis la tristesse de toute cette journée l'envahit. Que fait-elle ici, elle ne sait même pas où, dans ce vent grandissant, seule ? Elle donnerait cher pour que rien ne soit arrivé, pour être à nouveau chez elle, dans sa pièce sous le ciel, à travailler.

Malgré la pluie, elle court se chercher un café.

La tentation de rester là, de passer la nuit sur un des fauteuils de la cafétéria, entourée de la lumière trop vive tant pis, mais en sécurité. Loin de tout ce qui l'appelle, de tout ce qui lui fait peur. Les routiers sont partis dormir dans leur cabine haut perchée, confortable paraît-il. Leurs mots de tout à l'heure, sans doute des invites à les rejoindre.

Elle a du mal à pousser la porte vitrée pour sortir.

Bon courage, pour la route ! lui lance le jeune gars de la station-service. Elle sourit. Enhardi, il ajoute Faut y aller doucement hein, quand ça dégringole comme ça…

Il la suit des yeux par la baie vitrée. Si elle était restée encore un peu, ils auraient pu discuter…

Elle répète Ça dégringole, ça oui ! en ouvrant sa portière. Elle se jette un œil dans le rétroviseur et elle redémarre.

Le jeune homme ne sait pas qu'il l'a réconfortée.

Elle branche la radio mais impossible de capter quoi que ce soit. Ça grésille trop.

Elle roule dans le silence, vigilante. Elle ne croise que peu de voitures. Sans doute a-t-on recommandé à tout le monde de rester chez soi.

Quand elle arrive enfin près de la petite ville au bord de l'océan, la tempête bat son plein.

Elle avait beau s'y attendre, c'est d'une telle violence que tout son corps se contracte. La voiture vibre. Le vent est assourdissant. Il faut pourtant se maintenir sur la route. Il faut avancer. Pas d'autre choix.
Elle a les muscles des bras douloureux, les yeux fatigués, la tête envahie par une sensation de vacarme.
Juste à l'entrée de la ville, elle freine brutalement. Un arbre barre le passage, déraciné. Le tronc luisant sous la pluie, c'est une échine de bête préhistorique. Il lui paraît immense. Quelques hommes, empaquetés dans des cirés, agitent des lumières à bout de bras pour signaler l'accident. La pluie en cataracte rend tout fantomatique. Elle contourne l'arbre abattu en évitant de le regarder, il lui fait peur. Elle ne veut pas imaginer la force qui l'a arraché de la terre.

Elle entre dans la ville, le cœur serré. Une atmosphère de fin du monde. Plus aucune lueur. Plus de feux de signalisation aux carrefours. La nuit totale. Il faut avancer en priant pour qu'aucune voiture ne vienne percuter la sienne.
Lea essaie de retrouver ses repères.
Elle cherche du familier mais rien ne ressemble plus à ce qu'elle connaît. L'étrangeté a gagné les lieux.
Elle progresse lentement, le souffle court. Dans une rue où elle s'est engagée, deux ou trois voitures en file devant elle sont à l'arrêt. Quelque chose doit obstruer la voie. Elle imagine à nouveau un arbre renversé ou pire. Soudain, elle entend des chocs autour d'elle. Des pierres commencent à se détacher des façades. Elles tombent. Lea a des images de fin du monde dans la tête. Si tout s'effondre, elle ne veut pas mourir là-dessous. La panique la gagne.
Mais les véhicules reprennent leur progression. Lentement. Elle s'agrippe au volant. Il faut passer dans ce défilé avec les pierres qui tombent, la peur, au pas des voitures. Les autres le font, elle ne peut pas abandonner son véhicule, elle, au beau milieu de la rue et s'enfuir.
Elle se colle à la voiture qui la précède. Tant qu'elle a ses feux arrière, là, juste sous les yeux, tout près, elle tient, elle n'est pas toute seule.
Elle donnerait tout pour que quelqu'un soit assis près d'elle, lui parle.

Du fond du cœur, elle remercie le conducteur inconnu devant elle, juste parce que c'est une présence.
Mais à un carrefour la voiture tourne brusquement, disparaît. Elle est perdue à nouveau, loin des autres. Cramponnée au volant elle appelle Qu'on l'aide que quelqu'un l'aide. Dans l'obscur et le fracas. Il n'y a plus qu'elle dans cette ville et la folie du vent ? Combien de temps cela dure-t-il ?

Quand elle reconnaît la petite place où habite sa mère, elle se met à rire toute seule comme une folle. Ses jambes tremblent. Elle n'en peut plus.

Garée devant la porte de la maison, elle se parle tout haut, se dit qu'elle est arrivée, saine et sauve. Elle répète Saine et sauve, n'ose pas sortir.

Peur que la portière s'arrache. Peur d'être emportée par le vent.

Alors son corps anticipe la résistance. L'idée de la lutte, corps contre bourrasque, la galvanise. Elle se concentre, rappelle sa vigueur habituelle dans chaque muscle. Elle est prête.

Elle ouvre, retient la portière de toutes ses forces. Un tourbillon la déporte d'un coup, l'entraîne, fétu de paille, elle lutte, revient courbée en deux, s'accroche à un réverbère, pèse de tout son poids sur la portière, la ferme. Dans la lutte, elle se retrouve.

D'un coup elle se détache de la voiture, du réverbère, se colle à la porte de la maison.

Elle tape de toutes ses forces contre le bois, hurle.
Que sa mère apparaisse.
Qu'elle la fasse entrer.

La vieille dame a sursauté. Ici personne ne frappe jamais à la porte. Si on veut lui parler, on attend qu'elle soit au marché ou dans son jardin. On sait respecter sa solitude. Les coups sont si violents qu'elle ne peut les confondre avec la tempête. Elle s'entend répondre tout bas Entrez. C'est absurde.

Debout, toute droite, elle attend.

Les coups redoublent. Et une voix crie. C'est sa fille. Sa petite, là, derrière la porte ? C'est impossible.

Rien ne lui semble réel. Elle avance lentement, dégage les serpillières, elle ouvre. La lueur des bougies vacille dans la cuisine. Lea entre en trombe. Romilda referme aussitôt. Lea enfouit son visage dans le cou de sa mère. Ses mains s'agrippent au châle de laine bleue.
Longtemps.
Tout est là.
Elle sait qu'elle a eu raison de venir.

Dans la maison maintenant, la mère et la fille sont assises à la table.
La mère sert du café chaud..
Dehors le souffle du vent par moments couvre leurs voix. La mère explique. On leur a

dit tout ce qu'il fallait faire pour se protéger. Elle l'a fait. Elle répète qu'elle est contente que Lea soit là. Mais dans sa voix à nouveau il y a la dissonance.
Lea plante ses yeux clairs dans ceux de sa mère.
La mère détourne les siens. Elle regarde les manches roulées sur les coudes de sa fille.
C'est quoi cet imperméable ?
C'est à Bruno.
Lea entend sa propre voix nommer Bruno. Elle entend un désastre. C'est trop et ça l'emporte. Sa voix continue. Comme s'il fallait que la mère sache tout. La folie de cette journée. Il faut bien qu'elle la connaisse. Elle raconte. Son travail pour les dix ans de la compagnie, sa peur depuis le coup de téléphone, son arrêt dans le bistrot ce matin, les tableaux et l'homme avec le bébé, et puis Bruno, la pose et la terreur qui l'a saisie. Sa fuite. Une fois de plus. Elle n'a jamais parlé de ça avec sa mère. Ses ruptures, elle les a toujours vécues seule. Mais aujourd'hui il faut qu'elle sache. Les mots se précipitent. Sa vie chaotique défile.
Sa mère ne l'interrompt pas une seule fois. Sur le bord de la table, il y a un morceau de papier, une liste de courses écrite au crayon, quelques sachets dans lesquels elle a glissé des graines pour le jardin. Tout son monde. Sa fille est là, devant elle.
Elle ne peut que demander, la voix étouffée.
Pourquoi moi, dans ton spectacle ?

Toi ? Ton corps à toi ? Parce qu'il faut. C'est tout. Je ne peux pas expliquer. Je ne sais pas. Il faut.
Les mains de la vieille dame serrent la tasse de café. Elle répète Pourquoi moi, sur une scène ?
Parce que c'est toi le centre. C'est toi.
Lea est venue jusqu'ici. Elle veut savoir. La tempête l'aide. Elle ose.
C'est quoi la peur toujours, la menace dans tes yeux, maman, c'est quoi ? C'est quoi ce que tu avais à me dire ?

La vieille dame redresse le buste. Elle a la tête baissée mais dans le redressement du buste il y a comme un défi.
Lea ne la reconnaît pas.
Comme la ville tout à l'heure. L'étrangeté a gagné.
Elle a le cœur qui cogne.

Romilda parle.

Quelque chose s'est mis en marche. Les mots depuis le temps…
La voix est basse. Accordée au vent qui arrache les branches, soulève la terre du jardin autour de la maison, pourrait tout emporter. Un tourbillon par en dessous. On ne se rend pas compte.
Le corps de Lea est prêt à bondir. Retenir les choses qui s'envoleraient. Couvrir le corps de sa mère si les choses s'écroulaient. Des

images vues à la télévision. Des typhons des cyclones.
Elle s'occupe la tête, toute la tête.
Elle ne veut pas entendre.
Mais les mots de la mère obligent. C'est comme si maintenant Lea marchait au bord d'un gouffre.
Elle a voulu savoir. Elle est venue jusqu'ici pour savoir. Voilà.
Et ça s'effrite. Ça s'éboule.
Où poser le pied maintenant ?

Il faut marcher dans les mots de la mère, là, dans la cuisine. A l'intérieur.
Autour il n'y a plus rien.

Aveuglée, Lea. Plus de paupières. Les mots de la mère crachent la lumière. Crue. Les corps disparaissent. Juste la voix de la mère dans cette cuisine. Une voix venue d'où ? Quelque chose d'opaque qui jamais ne devrait s'articuler. Lea est paralysée. Rien ne la protège plus.
Une énonciation du sang, ça existe ?

Deux vers appris à l'école s'imposent sans qu'elle y puisse rien.
Ce qui se conçoit bien s'énonce clairement
Et les mots pour le dire arrivent aisément.
Lea s'encorde aux mots. Il faut résister. Elle se sent suspendue en l'air, contre la paroi d'une falaise.

Un mot sorti de la bouche de la mère menace tout.
Le faux pas.
Le faux pas dans la vie de sa mère ?
Dans la vie de son père ?
Le faux pas.
Ce qui se conçoit bien. Concevoir, Lea n'y arrive plus. Le verbe a beau être là, dans sa tête. Abrupt. Concevoir. Concevoir ce que la mère raconte, elle ne peut pas. C'est impossible.
C'est le même mot pour dire ce que font les pères et les mères. Ils conçoivent les enfants. Elle, elle a été conçue. Forcément.
A l'intérieur de sa poitrine des branches volent, des arbres sont arrachés à la terre. Racines à l'air.

Il n'y a plus de père possible. C'est tout.

Une bourrasque plus violente. Lea se lève, ne réfléchit plus, va serrer, fort, avec de la corde de marine les volets qui balancent autour de leurs gonds, risquent de voler en éclats d'un coup. Elle arrime tout ça, arc-boutée. Il y a des phrases comme La tempête fait rage. Elle fait rage. Rage. Ça monte. Elle a peur.
Elle dit Si ça inonde il faudra monter à l'étage. Ses lèvres ont bougé. Mais le son ? Elle n'est plus sûre de parler ou pas.

La voix de sa mère, elle ne la reconnaît pas. Peut-être plus jamais Maman.

Elle essaie de se réfugier dans la vieille chanson de la cuisine. Mais sa mère n'y est plus. Romilda est là. Devant elle.
Et elle parle, dans la langue du père, pour dire ce que le père lui a fait.

La fille voudrait perdre l'alphabet. Ne plus comprendre. Rien.
Il n'y a plus de père possible.

A un moment elle dit, comme une prière Ça suffit.

Romilda se tait. La vieille dame se lève, sans rien regarder. Elle marche les yeux à terre, va à la cuisinière. Elle a fait du pain. C'est un rituel de bienvenue entre elles deux. Pourtant elle ne savait pas que sa petite viendrait.

Elle ne se doutait pas quand elle pétrissait la pâte que c'est ce soir qu'elle parlerait.

Dire tout ? à son propre enfant ?

Le cœur est déjà empesé. Depuis si longtemps. Comment laisser des mots rassembler la honte ?

Comment une langue peut-elle articuler ce qui pèse ce qui broie ?

Le souffle de la parole peut-il donner forme à la mort ?

Dehors le bruit est tel qu'on dirait que l'océan va s'engouffrer dans la maison.

Lea a fermé les yeux. L'odeur chaude du pain lutte contre tout ce qui se déchaîne. Il faut laisser l'odeur passer directement du nez à la bouche. Se concentrer uniquement sur le goût à venir, familier. Comme lorsqu'elle était petite. Elle rouvre les yeux.
C'est bien sa mère.

Elle la regarde, de dos. Le visage, elle ne pourrait pas.
Comment faire désormais ?

Dehors, le vacarme. Mais maintenant elle n'entend plus que les petits bruits de la mère, l'appui des semelles sur le carrelage, le tintement de la cuiller à confiture, du pot qu'elle a sorti du buffet.
Les larmes, elle ne les entend pas.
C'est le dos qui le lui dit. Le frémissement des omoplates. La tête de sa mère reste baissée.

Alors elle s'élance, la prend aux épaules.
Petite maman.
Un fétu. Une brindille jetée au vent dès sortie du ventre de ta mère. Et vole et vole.
Petite maman.

La fille pleure. Contre le dos de la mère.

La vieille dame avance lentement sa main, la pose sur la sienne. C'est la main aux deux alliances. Celle du père mort et la sienne. La colère alors. Les arracher de ses doigts, les jeter loin et qu'elles roulent et se perdent, enfouies sous la boue, perdues dans les trous que creusent les bêtes au bord des chemins. Plus jamais.

Lea ouvre grande la bouche.

Il faudrait avaler le corps de la mère, la dévorer. L'aimer complètement. Dans son ventre à elle. Protégée.
Inverser les matrices.

L'ordre du monde est rompu.

Elle voudrait tout recréer. Dire à sa mère les mots justes, ceux qu'on dit à ses enfants pour éviter les malheurs de la vie.
Mais que dire quand tout a déjà eu lieu ?

Si seulement je pouvais effacer ces trois années de ma vie, les effacer.

La mère continue à parler, debout, comme pour elle toute seule. Très bas. La fille caresse les cheveux, blanchis d'un coup à la mort du père, mais toujours lisses, abondants et tressés serré. Une couronne blanche.
Elle voudrait arracher du corps de la mère chaque geste qu'elle a subi, tout arracher.
Dans sa tête un grand vide. Les gestes, elle ne peut pas.
Imaginer, c'est trop.

Elle a peur.
La peur de toute son enfance est là. A nouveau.
Elle ne veut pas que sa mère disparaisse.

Alors elle parle. C'est tout ce qu'elle a, les mots. C'est pauvre.
Elle parle parle. Il faut échapper à ce qui menace. Trop. Elle emboîte avec des mots l'inconcevable de l'histoire de la mère dans l'histoire des pays, des guerres.
Une époque. Qui savait encore ce qu'il faisait ? Une époque.

Soudain un souvenir la traverse. Les mots d'une chanson qu'elle a chantée sur une petite place de marché à Paris avec d'autres, en riant *Il me file des coups il me prend mes sous c'est mon homme.*
Elle a chanté ces mots. Elle voudrait tout supprimer. La musique le rire le soleil de ce dimanche. Tout.
Sa mère a toujours la tête baissée. Elle pleure ?
Lea revoit la pose provocante d'une star de cinéma qui confiait en souriant à la télévision que oui, elle l'avait fait, occasionnellement, comme ça, pour l'argent, sans personne pour l'obliger et que c'est bien, elle revendique, elle ne voit pas pourquoi… Elle voudrait lui claquer les mots dans la bouche. Lui faire avaler les larmes de la mère. Conne.
Elle a mal.

La mère répète doucement C'est vrai l'époque l'époque on ne savait plus bien… et puis très bas Je l'aimais tu sais ton père. La nuit je calais ma respiration sur la sienne pour être encore avec lui. Même quand il dormait.

La fille sent la rage. Immense.
Salaud le père.
Le déterrer lui secouer les os gifler la carcasse. Cracher.
Ses mains lui brûlent. Elle l'a appelé papa l'a embrassé l'a aimé.
Ce n'est pas concevable.
Et elle ne peut pas avoir été conçue par ces deux-là.

Pourquoi tu n'es pas partie ? Pourquoi ?

Il avait un rasoir sur lui. Toujours. Même sous l'oreiller.

Un rasoir ? La fille sent la peur lui entailler la peau. Elle serre plus fort la mère contre elle. Un rasoir ?
Un de ses plus doux souvenirs du père. Quand il avait fini de se raser, il se tapotait les joues avec l'eau de toilette. Elle se hissait sur la pointe des pieds pour embrasser, la première, la peau toute lisse. Il riait. C'était le même, le rasoir ? Le même ?

Ça hurle à l'intérieur. Devant la mère, elle retient. Laisser éclater toute la rage, elle ne peut pas.
La rage dévore à l'intérieur.
Contre la mère qui avait peur.
Contre le père.
Contre la peur.
Contre l'enfance toute fausse.

Alors elle se lance. Il n'y a plus que les détails qui peuvent la sauver. Tous les détails. Savoir. Savoir. Comme une enquête. Comme ces journalistes qui vont poser les questions les plus terribles. Après ? Après, elle verra bien. Il n'y a que maintenant. Maintenant et la tempête.
La porte est secouée par des trombes d'eau qui dégringolent. Les serpillières roulées pour calfeutrer, c'est bien.
Raconte, maman. Comment c'est arrivé ?

La mère s'est assise à nouveau. Elle détourne le visage vers la fenêtre, le ciel. Mais les volets sont fermés. Son regard erre dans la pièce, ne se pose sur rien.
Elle ne peut pas regarder sa fille.
Lea a la haute stature du père. Elle penche le buste, comme lui, pour mieux entendre.
La mère parle, sans la regarder. Lea écoute.
La voix de la mère a repris un peu de la vibration familière.
Elle écoute.

J'étais très jeune. C'est un malheur quelquefois, d'être jeune et belle, on dirait pas… Ton père il me regardait comme personne ne m'avait regardée.

La fille serre les mâchoires quand la mère dit Ton père. Non. Plus son père. Fini. Impossible.
Renier le mort. Renier le mort.

Il disait qu'il savait ce qui était bien pour moi…

Tu aurais pu t'enfuir…
La fille s'en veut d'avoir parlé. C'est sorti tout seul. La mère la regarde. C'est triste. Si triste. La fille voudrait ravaler ses paroles. La mère dit simplement
Ton père, il m'aurait dit de marcher sur la braise je l'aurais fait.

Alors à l'intérieur de Lea s'ouvre un gouffre. Elle, elle n'a jamais aimé comme ça. Jamais. Tout abdiquer de soi. Se remettre aux mains d'une seule personne. Se perdre, qu'est-ce que ça fait ? Un vertige. Une tentation ? Elle, elle a toujours quitté les hommes avant que le lien soit possible. C'est son malheur ?

Le regard de Bruno à la porte, sa main qui retombe. C'est son malheur ?

Sa mère a repris timidement Je n'ai pas compris tout de suite. Il m'a expliqué. Je n'ai pas pu croire que lui il voulait ça. Mais si. Elle a sorti son mouchoir. Elle le tient dans ses doigts comme une évidence bien tissée qu'elle triture. Les larmes coulent toutes seules.
Là il a voulu que je sache parler français. Rien que le français. Il fallait que je fasse comme si je n'étais pas italienne. Il ne voulait pas qu'on me parle. Et il disait que les Allemands, ils aimaient ça, le français. Il m'apprenait des mots tous les jours. Il ne voulait plus de mon accent. Mais ça… il n'a pas pu. L'accent, il reste…

Lea se raccroche à ça. La voix de sa mère ne change pas. L'accent, c'est elle. Contre tout le reste.

Sauver la voix c'est sauver le corps.

Sous la table de la cuisine, une de ses jambes vient de se tendre brusquement. Elle sent une crampe venir. Ses mains font machinalement les gestes qui la soulagent, elle masse l'endroit précis qui se crispe, attend que la douleur passe.

Danser c'est attirer le vide.

Le faux pas, elle, c'est tout son art de l'éviter.

Danser, c'est suspendre l'équilibre du monde.

Quand le pied glisse, c'est le danseur ou le monde qui chute ?

Elle était tombée en scène, une fois, il y a longtemps. Une fraction de seconde, c'était la salle qui s'était renversée, sous sa paupière. Le soulagement quand elle avait réalisé que ce n'était qu'elle. La douleur dans la jambe, intense, ce n'était rien comparé à l'horreur du monde renversé.

La douleur, ça se dit, ça se partage ; ce vertige-là, non.

A qui parler ?

Elle porte à sa bouche le pain de sa mère. Ne plus se fier qu'à un monde réduit à ce qu'elle goûte, à ce qu'elle touche. Ce qui ne ment pas.

Elle mâche. Il faut tenir. Ecouter les mots de la mère. Laver la honte, comment faire ? Il faudrait lécher les crachats sur le corps de la mère. Elle écoute. Ecouter sans faiblir. Ça, elle peut. Jusqu'où ?

Toi, tu étais jeune quand il est mort. Tu ne l'as pas connu à cette époque-là. Il pouvait être terrible et tellement bien. Tout à la fois.

Lea revoit sa mère quand elle lui a appris à lire et à écrire. En français. Sur le petit bleau noir, dans la cuisine. Il doit être

cave. Si ça inonde il sera perdu. Tous les mots écrits à la craie, noyés.
Son père suivait les leçons, en lisant, les lunettes sur le nez. Elle guettait son sourire. Il est mort quand elle a commencé à savoir lire écrire. Il était fier de ses progrès.

Elle se sent sauvage. Elle voudrait n'avoir jamais rien appris. Rien. Et que le père en crève une deuxième fois !
S'il était là, devant elle, aujourd'hui, elle tuerait ?

Lea écoute les mots de sa mère et elle sait qu'au fur et à mesure des paroles entendues, il y a ses mots à elle, de petite fille, qui se perdent pour toujours. Même si le père était mort, elle se disait quand même pour elle toute seule en pensant à lui Papa chéri petit papa chéri, comme lorsqu'il était encore là. Elle avait un jardin de petits mots. Au secret. Ces mots-là, elle ne pourra plus jamais les prononcer.
La douleur arrive. Il va falloir perdre tous ses trésors. Les enterrer avec lui. Loin. Profond. Et ses souvenirs chéris aussi. Quand il lui a appris à faire du vélo et qu'elle s'est mise à rouler, toute seule, sur le chemin devant chez eux. Et lui qui applaudissait. Ses mains dans ses cheveux roux et sa voix douce "Ma Lea bella." Sa joie quand il la portait sur ses épaules jusqu'à la mer et qu'elle sautait en l'éclaboussant très fort.

Plus jamais elle ne pourra se retourner sur tout ça.

Elle est devenue un Orphée qui marche en abandonnant Eurydice à l'enfer ? La lumière, c'est à ce prix ?

La voix de son père, elle la perdait régulièrement, mais la retrouvait en rêve. Maintenant il va falloir tout effacer de sa mémoire. Tout.

Pourquoi vous avez fait un enfant ?
La voix de Lea est dure. Elle n'a pas pu s'en empêcher.

La vieille dame frémit. Elle croise les doigts, fort, mains bien à plat devant elle. Elle regarde la jeune femme droit dans les yeux.
Les mots sortent, fermes.
Parce qu'on s'aimait, ma fille.

A l'intérieur de Lea ça éclate C'est quoi aimer ? C'est ça ? Elle voudrait hurler. Etre seule, toute seule. Laisser les larmes la rage sortir. C'est trop.

Il y aura toujours deux douleurs maintenant.
Celle de la honte de la mère. Celle de l'horreur du père perdu.
Deux douleurs c'est trop. Elle est submergée.
Et on appelle ça "aimer" ?

Comment continuer, elle, à aimer, à vivre ?

Lea cherche son souffle, loin, dans la poitrine. La tempête l'aide. Tout se disloque autour de la maison. Tant mieux. Le fracas l'aide. Elle voudrait hurler aussi fort que la tempête.

La voix de Romilda a repris.
C'est dur ces choses-là. On s'aimait.
Puis, plus bas.
Pourtant j'ai voulu qu'il meure. J'ai prié pour ça, tous les jours, pendant les trois ans. Et je savais que je ne pourrais pas vivre sans lui. Mais je demandais à dieu d'arrêter tout… après, j'ai plus cru en rien. Dans le ciel, y a pas d'oreille.

Lea entend. C'est la voix de sa mère. Un murmure. Elle entend la honte qui a écrasé. Elle souffre. Avec elle. Pour elle.

Tu avais quel âge, maman ?
Seize ans.
Oh, Lea voit. Elle voit le corps de la mère, une enfant. Et soudain elle voudrait couvrir de fleurs cette toute jeune fille, la couvrir de beauté, lui écrire le plus beau des poèmes. Elle prend la main de sa mère, la soulève, l'embrasse.

Elle n'aura plus jamais assez de toute sa vie pour l'aimer.

Pourquoi tu as attendu si longtemps pour tout me dire, maman ?
J'avais peur, ma fille.
Mais peur de quoi ?
J'avais peur. Tu comprends... Que tu ne veuilles plus de moi. Que tu ne veuilles plus m'embrasser... Que tu ne veuilles plus que je te prenne dans mes bras... j'avais honte. Tellement honte. J'aurais pas supporté.
Oh maman mais c'est lui qui aurait dû avoir honte ! Pas toi !

Lea la prend toute dans son regard. Elle l'aime. Si frêle. Si fragile.
Tout ce temps avec ce secret, ce poids. Comment a-t-elle pu ?

Ma petite maman, c'est lui qui aurait dû avoir peur.
Et les mots sortent, déracinent tout, avec le vent.
Que je le tue.
Toute la violence dans le corps de Lea.
Romilda pose ses deux mains sur les bras de sa fille.
Il est mort, Lea. Il est mort.
C'est tout.

Elles ne disent plus rien. Longtemps elles restent toutes les deux. Lea s'est levée. A genoux, elle tient la mère blottie contre sa poitrine. A nouveau, elle pense aux oiseaux, à leurs petits corps de rien du tout.

Alors, tout bas, elle se met à lui raconter le spectacle qu'elle imagine dans sa tête, comme on raconte une histoire à un petit enfant pour lui faire oublier un cauchemar.
Da sola.
Ce sera ce que je ferai de plus beau. Ce sera pour toi. J'y mettrai tout.
Toute sa fureur et toute sa tendresse.
Romilda écoute-t-elle ? Elle entend la voix de sa fille. Une musique. Elle est dans ses bras. Malgré tout ce qu'elle lui a dit. Elle ne sait plus si la tempête continue à tout dévaster autour d'elles deux.
Jamais elle n'avait espéré une telle douceur.

Du temps passe. Le murmure de Lea s'est arrêté. Des images sous ses paupières se fraient un chemin, des films, des souvenirs, et le bruit du vent qui s'acharne. La fatigue de toute cette journée lui ploie les épaules, résonne dans tout son corps. Elle revoit la lumière dans la cafétéria de la station-service. Elle ne savait rien à ce moment-là quand elle prenait son café, quand elle avait envie de rester là et de s'endormir. Plus jamais elle ne sera dans cette ignorance. Plus jamais. Que disaient les routiers en tapant sur la carrosserie de sa voiture ? Sa tête est lourde. Elle ferme les yeux.
La vieille dame se défait tout doucement de l'étreinte de sa fille. Elle la fait asseoir près d'elle. Lea pose sa tête sur les bras, comme lorsqu'elle était toute petite et qu'elle

s'endormait au retour de la plage dans la cuisine. La vieille dame lui caresse les cheveux. Lea a la chevelure du père, rebelle, rousse.

Alors la vieille dame le revoit, lui. Dans toute sa beauté. Et tout ce qu'elle espérait. Elle porte sa main à son cœur. Il bat si vite. Il lui faut un temps pour reprendre sa respiration. Lea s'endort.
Elle se lève, monte à l'étage lentement. Sans bruit. Elle a besoin de s'allonger, seule.

De sa chambre, on entend la tempête d'une autre façon. Le vent paraît plus proche encore. Il fait vibrer la toiture.
S'il pouvait l'emporter.

Romilda le laisse s'engouffrer dans sa mémoire, soulever les années, l'oubli.

Elle avait seize ans. C'était la guerre. Tout son monde à elle tenait dans le petit café de ses parents. Son père, Luigi, trop heureux d'une bonne raison de partir, avait filé dans l'armée du Duce. Départ fier. Ils occupaient la Croatie. Elle restait seule avec sa mère, une femme rude, du Sud de l'Italie, qui ne la nommait que pour lui donner des ordres. Jamais satisfaite. Les reproches finissaient toujours par remonter jusqu'à sa naissance. A force, Romilda connaissait par cœur l'histoire de l'horrible accouchement. Tous les détails.

A cause d'elle, sa mère n'avait plus eu d'enfant. Et si le père était parti à la guerre c'était parce qu'il n'avait pas de fils à envoyer. Romilda se taisait. Depuis toute petite elle se taisait.
Coupable.
Le regard de sa mère la balayait avec la poussière. Elle avait beau tout faire pour lui plaire.
Elle était sa *spina nell'occhio**. Voilà ce qu'elle lui répétait.
La *spina nell'occhio*. Romilda se souvient. L'épine, c'est dans son cœur qu'elle s'est fichée. Pour toujours.

Le départ de son père n'avait fait qu'empirer les choses. Malgré ses forfanteries et ses gueulantes, il lui manquait.
Restait la lecture.
L'école, depuis longtemps, elle l'avait quittée. On n'avait pas les moyens. On n'avait pas non plus l'envie. C'était déjà bien beau qu'elle ait appris à lire et à écrire.
Elle ne possédait qu'un seul livre. Un livre d'amour oublié sur une table du café par un client. Elle l'avait glissé dans la poche de son tablier, comme une voleuse, en passant le torchon sur la table. Il était sous son lit, bien caché. Son unique trésor. Elle le lisait le relisait.
Les mots d'amour, elle s'en délectait en cachette le soir.
Dans la journée, elle aidait la mère au café.

* "L'épine dans l'œil."

La mère veillait, soupçonneuse. Les soldats allemands faisaient le gros de la clientèle. La mère servait elle-même en salle, tant pis pour la fatigue. Pas question que le trop joli corps de sa fille passe et repasse entre les tables. Elle connaissait les hommes. Romilda restait derrière le comptoir.
La mère avait juré au père qu'il retrouverait tout à son retour. Intact. De la moindre petite cuiller à sa fille. Elle y mettait son honneur à défaut d'enfanter. Coupable elle aussi.

C'était sans compter sur le malheur qui avait une si belle apparence, les cheveux roux, la voix douce de Jean-Baptiste le Français. C'est là, au comptoir, qu'il s'était installé, qu'il parlait à Romilda comme personne ne lui avait jamais parlé. Il la vouvoyait. Ce voussoiement chuchoté lui donnait le frisson.
Il parlait comme dans son livre.
Un rêve.
Il avait des mains soignées, des manières d'homme bien élevé. Il en imposait même à la mère. Elle n'osait plus la rudoyer quand il était là. Et puis elle se disait que, tant qu'il occupait sa fille, elle était tranquille, les soldats ne venaient pas lui tourner autour et elle ne les regardait pas non plus.

Elle n'avait pas vu que l'oiseau de proie, c'était lui.

La vieille dame se souvient. La voix de Jean-Baptiste, elle l'entend encore. Une voix,

ça ne meurt pas. Est-ce qu'une oreille garde tous les mots qu'elle a entendus, tous, au creux de cet étrange labyrinthe qui nous lie au monde ? Elle s'était nourrie de cette voix. C'était devenu son espérance de chaque jour. Sa joie.
Elle dépendait.
Elle se rappelle comme elle guettait l'ouverture de la porte du café.
Dès qu'il apparaissait, sa vie scintillait.
Elle dépendait.
Le reste pour lui avait été facile.
Il l'avait vite convaincue de s'échapper chaque soir pour le retrouver. Sa mère, écrasée de fatigue, ne voyait rien, n'entendait rien.

Aujourd'hui elle se demande. Aurait-elle osé si le père avait été présent ?

Jean-Baptiste l'attendait, posté dans la ruelle proche. Elle courait vers lui, de toute sa force, de toute sa jeunesse. Il la prenait par la main.
C'était un geste nouveau pour elle.
Donner sa main à une autre main.
Elle le faisait gravement. Elle sentait la peau de Jean-Baptiste par la paume. Le sang lui battait jusqu'au bout des doigts.
Au creux des paumes c'est déjà tout le corps qui se donne. Nu comme les mains.
Ils partaient tous les deux sur le port. Lui profitait de l'obscurité des ruelles pour la serrer dans ses bras.

Son regard la scrutait dans le noir.
Et elle se découvrait.
Sa forme, c'est lui qui la dessinait.
Les caresses de Jean-Baptiste n'en finissaient pas de l'émerveiller. Elle découvrait qu'elle avait un ventre, des seins, une bouche. Mais la joie la plus profonde, c'était son regard sur elle.
Il lui donnait son poids sur terre.
Elle s'abandonnait. Elle fermait les yeux.
Livrée.
La voix de Jean-Baptiste murmurait des mots en français, pénétrait jusqu'au fond d'elle, là où personne n'avait jamais déposé une parole d'amour.
Les moments étoilés de toute une vie.
Elle était jeune. Elle se confiait. Toute.
Et même si après… Rien ne peut effacer cela.

Une nuit, elle n'était pas rentrée. Il lui avait dicté une lettre à laisser à sa mère. Elle y avouait qu'elle partait avec lui en France, qu'elle donnerait de ses nouvelles dès son arrivée. Elle y demandait pardon par avance du mal qu'elle leur faisait à elle et à son père. Elle avait écrit les mots dans l'euphorie de la fugue. Plus rien d'autre ne comptait que lui. Elle ne se doutait pas alors qu'elle ne les reverrait jamais.

Par la main, il l'avait conduite jusqu'à la grande maison où il avait sa chambre et ses habitudes. Dans un quartier où elle n'avait jamais mis les pieds. Elle était restée. Il promettait un mariage en France quand la guerre serait finie. Elle l'aurait suivi n'importe où.

Est-ce qu'il pensait déjà à ce qu'il ferait d'elle ?
La question la taraude.
Est-ce qu'il l'avait aimée ? Cette nuit-là, au moins, est-ce qu'il l'avait aimée, elle, vraiment, avant tout le reste ?
Aujourd'hui elle voudrait tant savoir.
Les questions n'ont pas d'âge.
La vieille dame soupire. Tout au long des années, elle se les est interdites. Pour pouvoir continuer. Vivre.
Maintenant qu'elle a parlé, toutes les questions reviennent.

Le doute, c'est aussi fort que la confiance.

Elle a besoin de tout revoir. Tout s'est inscrit. Avec une précision terrible. Cette nuit, elle a la force de se retourner et de faire face. Enfin.

Elle va à son lit, s'allonge, les mains sur la poitrine.
Comme on installe les mortes.
Comme elle s'allongeait à Naples.

Naples. C'est toujours aujourd'hui.
Le souvenir est vivant.

Allongée ainsi, elle a seize ans. Et qu'importe la tempête. Elle est là-bas. L'oreille aux aguets. Dans l'immense maison cachée au creux de la cour, au fond du dédale des ruelles qui enchevêtrent le port, aucun bruit. Les rideaux de la fenêtre sont tirés, on ne voit rien. Aux murs, sur le papier peint délavé, les bergers charment les bergères sagement assises, elle revoit les bouquets piqués de bleuets sur leurs genoux.

Elle a seize ans. Sous le lit, son livre. Toujours le même. Le papier fripé devenu si doux sous les doigts. La nuit où elle a quitté le café de ses parents, c'est tout ce qu'elle a emporté. Jean-Baptiste s'est moqué. Roman de quatre sous. Il a parlé de littérature puis a renoncé. Elle n'y connaît rien.

Dans la chambre de la grande maison, elle donnerait tout pour retourner laver les verres et les faire briller fort même si sa mère râle toujours sur des traces qu'elle seule découvre. Elle donnerait tout pour pouvoir à nouveau chercher le vieux livre d'amour sous son lit, dans la mansarde, entendre la mère ordonner qu'il faut éteindre, que c'est les paresseux qui lisent, ceux qui n'ont pas à se lever le matin. Comme avant.

Elle donnerait tout.

Elle n'a plus rien à donner.

Rien.

Dans la grande maison, elle peut se lever très tard. Les visites ne commencent qu'à la tombée de la nuit.

Mais elle se réveille à l'heure d'avant, toujours.

Elle imagine sa mère toute seule à préparer le café.

Si elle savait.

Dès que Jean-Baptiste la quitte pour vaquer à ses étranges affaires, elle plonge dans la lecture. Avec rage. Il faut, de toutes ses forces, qu'elle arrive à entrer dans la lecture. Que les lettres écrites l'arrachent de cette chambre. Qu'elle oublie.
Elle hait ses ongles, longs, polis, laqués, qui tiennent à distance le vieux livre.
Ses mains ne lui appartiennent plus.
Il lui avait dit en les prenant dans les siennes
Vos mains ne sont pas faites pour traîner dans un évier de cuisine, ma chère.

Ses mains désormais touchent des peaux inconnues, des corps sans nom.

La vieille dame à nouveau est envahie. Ça lui serre la poitrine. La terreur.
Elle n'est personne. Personne.

La terreur est vivante.

Quand on abandonne son corps à des mains qui ignorent tout de vous, ne veulent rien de vous, de votre âme, de vos rêves, on n'est plus personne. Elle a connu. Cette connaissance est un malheur absolu.

Dans la grande maison elle est Suzanne. Suzanne. Jean-Baptiste a dit avec un drôle de sourire Suzanne est le plus beau prénom que je connaisse, c'est le prénom de ma mère.

Romilda n'est plus personne.
Sa jeunesse est un leurre. Elle est plus vieille que toutes les vieilles de Naples.
Mais en temps de guerre la jeunesse est un leurre de luxe. Une promesse d'invulnérabilité. Jean-Baptiste en sait le prix.
Il veille.
Jean-Baptiste si doux, si terrible. Double. La caresse et le rasoir sous l'oreiller. Parfois il l'oblige à toucher la lame, s'amuse à effleurer sa peau. Elle éprouve la terreur jusqu'au sang, préfère cette terreur-là à celle de n'être plus personne. Il ne le sait pas mais le rasoir sur sa peau la fait redescendre dans son corps.
Il lui fait cadeau de la haine.
La haine la garde présente à elle-même.
Il menace. Elle va perdre sa place de choix si elle ne lui obéit pas aveuglément. Il peut être tranquille.
La *spina nell'occhio* c'est pour elle maintenant.
L'œil de la mère est lavé de sa présence. Elle a fermé les siens.

Comment faire autrement quand on passe sa vie à attendre dans une chambre sans savoir à quelles mains quelle odeur quelle peau le corps sera livré ?

La vieille dame se relève. Il faut qu'elle marche, qu'elle arpente. Comme dans la chambre, là-bas.
Elle a regardé grandir sa fille dans l'émerveillement et la peur en même temps. Toute une vie à craindre qu'elle apprenne ce qu'elle avait vécu. Le mépris de son propre enfant, ça, elle ne l'aurait pas supporté.
Ce soir elle a pris le risque et Lea l'a serrée dans ses bras.
Qui remercier ?

Elle regarde l'intérieur de ses mains. Debout dans la chambre éclairée par la lueur de la bougie, elle joint les paumes mais rien ne vient.

Dehors la tempête continue à casser tiges et branches.

Où est l'autre Lea aujourd'hui, celle qu'elle aurait aimée de toutes ses forces si on l'avait laissée vivre cet amour-là ? celle qu'elle n'a jamais oubliée ?
Le souvenir des doigts de la jeune sœur entrelacés aux siens l'a aidée toute sa vie.

Aujourd'hui c'est elle seule qu'elle voudrait remercier de l'amour de sa fille.
Pas son dieu.
Elle, juste elle, qui avait mis son corps sous la protection d'une robe de bonne sœur. Romilda se dit qu'elle ne saura même jamais la couleur des cheveux de cet amour-là, enfouis sous la coiffe, rasés peut-être. Qu'elle ne l'aura jamais embrassée.

Ses mains jointes, c'est pour elle dans cette nuit.

Longtemps la vieille dame reste ainsi, abandonnée au souvenir.
Elle n'entend plus le vent qui par rafales souffle comme jamais autour de la maison. Elle n'entend plus au fond d'elle que le murmure de la jeune sœur au pied d'un lit d'hôpital.
Et elle pense aux pivoines de son jardin lorsqu'elles ouvrent leurs pétales.

Tableau 8

PARIS. L'ATELIER DE BRUNO

Dans son atelier, Bruno mesure le désastre.
Il n'a pas couru dans l'escalier derrière Lea.
Il ne s'est pas précipité à la fenêtre pour l'appeler.
Cloué sur place.
Le geste de la retenir, il n'y a pas cru. Elle était devenue une autre, une inconnue. Enragée. C'est le seul mot qui lui vient. Un mot qui le terrasse.

Il voulait partager avec elle ce qui fait le sel de sa vie. Entre peintre et modèle, ce territoire sans paroles, ce temps suspendu, sans toucher, où quelque chose d'autre a lieu. Quelque chose de mystérieux, de sacré. Il voulait qu'elle entre dans sa vie. Jusque-là.

D'un geste violent, il balaie pots, crayons et pinceaux.

Il regarde ses grandes mains vides.

Un peintre sans rien à peindre, c'est quoi ? Il est un homme seul dans la lumière du soir.

Bruno sort une bouteille de whisky, un verre. Il s'assoit à la place même qu'il avait désignée à Lea. Il boit lentement. L'alcool brûle en lui tout ce qui n'est pas elle.

Lui, il connaît l'immobilité de celui qui regarde et œuvre. L'immobilité de la pose, il ne connaît pas.
Il veut comprendre.
Ses mains sont inoccupées.

Poser, c'est renoncer ?
A quoi ?

Un gouffre sous les pieds : elle ne reviendra peut-être jamais. Rien pour échapper à la souffrance.
Il ne sent plus son propre corps.

Il regarde le ciel par la fenêtre.
Le gris pâle des nuages.
Il mesure qu'il aime pour la première fois. Et c'est violent. Parce que, dans le même temps, il mesure à quel point chacun est seul.
Une épiphanie double. Maudite.
L'oiseau est seul dans le vol des oiseaux, le mouton dans le troupeau et chaque pierre sur le chemin.

Les êtres humains, c'est pareil.
On croit qu'il suffit d'aimer pour faire corps avec le reste. C'est faux.
Dans la lumière rasante de cette fin de journée, il apprend qu'il aime et que cela ne suffit pas.

Tous les sourires du monde et tous les embrassements n'y feront plus rien. Il faudra vivre avec ça désormais.

La nuit s'installe. Bruno a peur. Il a si peur de disparaître tout à fait.
Comment tenir encore sa place dans l'illusion des jours ?
Entre les gestes familiers de la vie et les paroles qu'on dit qui essaient de rassurer, comment tenir encore une place ?
Il n'appellera pas Lea. Il ne peut pas.

Il est dé-lié. Et flottant. Rien du tout dans l'univers.

Sur la commode près de la bougie, Romilda contemple la photographie de Lea, dans un cadre doré. Son corps magnifique. La haute silhouette, puissante, les muscles fins, l'équilibre. Une merveille de maîtrise qui ne lui ressemble pas.

La vieille dame pose la main sur sa poitrine.
Les battements de son cœur sous sa main.
Ce n'est plus un cœur de jeune fille, non.
Elle a comme un sourire.
Son corps à elle a résisté. Sans la maîtrise.
Juste une force. Qu'elle ne sait pas nommer.
Le sourire cette nuit, c'est d'arriver à ce point avec elle-même.
Se reconnaître.
Elle est celle dont les jambes se sont raidies contre la pierre. Celle qui n'a pas sauté d'un pont un jour de printemps 1942.
Plus rien à faire du bien et du mal.

Il s'agissait de vivre. C'est tout. Juste de vivre. En elle, il y a de l'humain. Brut. Et une résistance aveugle.
Ça ne choisit pas. Ça veut vivre, c'est tout.
Et ça l'a portée jusqu'à aujourd'hui.
Ça continuera.
C'est cela, la ténèbre ?

Une forme de paix. La seule qu'elle connaisse.

Une bête.
Toute seule dans sa chambre, elle dit le mot à voix haute.
Et elle continue à sourire.

Les regrets ?
S'il fallait recommencer sa vie, elle referait exactement la même chose ?
Trois ans de sa vie. Elle effacerait trois ans.
Et c'est tout.
Pour le reste, elle referait la même chose.
Exactement la même chose. Jusqu'au bout.
Aucun regret.
La honte, oui.
Mais comment dire qu'elle ne regrette même pas la fin ?
Est-ce qu'on peut vraiment tout dire à son enfant ?

Depuis que Jean-Baptiste est mort, elle a du bonheur à enfoncer ses ongles dans la terre, à rentrer les mains maculées de boue. C'est lui qui limait ses ongles, les polissait, les laquait. Ici même, il avait gardé cette habitude de la grande maison. La seule.

Chaque fois qu'elle avait sous les yeux sa nuque penchée vers sa main, sa nuque offerte, elle luttait contre l'envie, double : caresser, casser.

Ses mains maintenant sont abîmées et elle en est fière comme d'une bataille gagnée. Elle ne porte jamais de gants.

Elle donne tous ses soins avec acharnement au jardin. La maison, elle s'en soucie peu. C'est ce qui pousse ce qui vit qui l'intéresse, pas les murs. Ses voisins ont l'habitude de la voir, le fichu noué sur les cheveux, accroupie ou agenouillée dans la terre, à veiller sur ses plantations. On vient chercher chez elle des boutures. Elle donne volontiers. C'est sa fierté.

Quand elle s'occupe de ce qui pousse elle s'oublie.

A chacune de ses visites, Lea est repartie avec ses plus belles fleurs. Elle les choisit longuement, le cœur serré d'avance du départ de sa petite. C'est déjà à elle qu'elle pense quand elle les fait pousser.

La vieille dame embrasse la photographie.

Lea n'est pas heureuse. Elle pense à tout ce que sa fille lui a raconté tout à l'heure.

Etre une artiste alors, c'est construire aussi de quoi être loin des autres, comme la jeune sœur de l'hôpital ?

Elle s'approche de la fenêtre de la chambre. Son regard se heurte au volet fermé. Elle voudrait voir son jardin. Ses plantes dans la serre. Protégées elles aussi. Pourvu que les vitres résistent.
Elle retourne vers la lumière de la bougie, vérifie qu'il y en a une autre sur la commode et les allumettes à portée de main. Elle ne lâche pas le cadre d'où sa Lea lui sourit.

La joie de sa petite quand elle rentrait des cours de danse et qu'elle lui montrait ce qu'elle avait appris, elle la partageait. Mais elle voyait se dessiner le corps de Lea et elle avait peur.

Elle ne pouvait s'en empêcher. Lea, sa petite fille, sa grande fille endormie en bas. Lea, la lumière de sa vie, qu'elle a tenue à distance dès qu'elle a grandi, comme si elle avait peur de la contaminer.

Que deviendrait-elle quand elle aimerait ? Il y avait en elle un élan si farouche. Elle était si entière. Si passionnée. Romilda se reconnaissait. Elle s'alarmait. Pas de père non plus à la maison. Et si tout se répétait ? Si elle avait transmis à sa fille la malédiction ?

Sa passion pour la danse, elle l'a encouragée. Même si elle l'éloignait d'elle. Parce que justement elle l'éloignait d'elle. Et tant pis s'il fallait prendre le bus, aller dans une autre ville, plus grande. Tant que Lea mettait toute sa passion dans la danse, elle était à l'abri. Romilda le savait d'instinct.

Elle qu'on avait rabaissée de jour en jour. Elle n'était digne de rien. Et surtout pas d'élever qui que ce soit.

Elle, elle ne pouvait pas.

La danse, si.

Pour le premier spectacle de sa fille, elle était fière. Elle s'était acheté une toilette magnifique. D'habitude elle ne cherchait qu'à passer inaperçue, mais pour Lea elle avait osé. Une longue jupe de soie, bleu nuit, dansante, un boléro de velours noir brodé de perles. Elle avait longuement fait ses essayages. Son voyage pour Paris, elle l'avait préparé à l'avance. Il fallait qu'elle ne déçoive pas sa fille, là-bas.

Mais devant le miroir de la salle de bains, au moment de se maquiller, elle n'avait pas pu.

La vieille peur était là.

Sentir tous ces regards sur le corps exhibé de sa fille, elle ne pouvait pas.

Comme si c'était le sien.

A nouveau.

Elle avait renoncé.
Jamais elle n'avait assisté à aucune représentation.

Cette nuit, elle aimerait la voir danser.

Tableau 9

PARIS. L'ATELIER DE BRUNO

La nuit est là.
Lea n'appellera pas.
Bruno le sait.

Il se lève, ne réfléchit plus.
Un à un il se défait de ses vêtements.
Comme elle.
Au moins essayer d'éprouver ce qu'elle a éprouvé. Ici même.
C'est tout ce qu'il peut.
Il le fait.

Il est nu.
Comme elle.

Il n'y a aucun regard sur lui.
C'est cela la solitude, vraiment ?
C'est être nu, pour personne ?

Son sexe est dressé dans le vide.

Romilda aimerait que cette nuit ne finisse jamais.

Que Lea soit là, toujours, endormie dans la maison, tout près.

Sa présence chasse l'obscur.

Quand elle avait compris ce qu'on attendait d'elle dans la grande maison, elle avait muré son corps, s'était anesthésiée pour pouvoir continuer. Sa mère avait raison. Tous les hommes étaient les mêmes. Pendant trois ans elle avait survécu. Seule. Même dans son étreinte à lui, seule. La bouche de Jean-Baptiste, sa voix, son sexe, c'était survivre, c'est tout.

Plus rien pour la rattacher à sa vie d'avant.

Elle, la *spina nell'occhio*, elle s'était retirée de la vue de sa mère.

Est-ce qu'elle lui avait manqué ?

Plus jamais elle n'avait revu ses parents. De leur vivant plus jamais. Qu'ils croient tous qu'elle était partie vivre avec le Français dans cette ville de bord de mer dont il parlait toujours. Qu'ils croient aux mots qu'elle avait écrits, naïve, dans l'excitation du départ.

Elle ne sait même pas quand ils sont morts. Elle n'aura jamais pu leur demander pardon. Aujourd'hui elle aimerait pouvoir aller sur leurs tombes et leur parler, doucement.

La tempête, au bord de la mer, s'acharne, le vent poursuit une sorte de basse continue. La vieille dame l'entend. La lumière de la bougie éclaire paisiblement la chambre. Pourtant dehors tout se déchaîne.

C'est étrange la paix et l'alarme ensemble.

Elle glisse la main sous son lit. Sa sauvegarde. Les livres. Il y en a. Il lui en faudra. Toujours.

L'alarme n'a pas de fin.

Sans son livre là-bas, elle serait morte tout à fait.

Quand elle lisait, il n'y avait plus de Suzanne, plus de Romilda. Elle vivait dans le nom de l'héroïne. Personne ne peut empêcher de vivre dans les lettres écrites. Personne.

Elle a continué à lire. Dans sa langue à lui. Comme il voulait.

L'italien c'était sa langue à elle. La langue d'avant.
Avant.
Elle n'était plus digne de la parler.
La langue de ses parents, celle de la *spina nell'occhio.*
La langue de son premier livre d'amour.
Il n'est pas sous son lit. Il est enfermé avec les lunettes de Jean-Baptiste, dans son armoire. Elle n'y touche jamais. Entre ses pages, elle a glissé ce qu'on appelle "le livret de famille".

Tableau 10

PARIS. LA CHAMBRE DE BRUNO

Bruno cherche refuge dans la chambre. Les vêtements de Lea sont posés sur le lit.
Il enfouit son visage dans son pull.
Il la respire.
Elle est là, au creux de sa poitrine.
Quelque chose de profond, d'archaïque.
C'est charrié dans son sang.
Son odeur.

Etre une bête pour pouvoir suivre sa piste.
Une bête. Si seulement il pouvait.

Il dit le mot à voix haute, le pull roulé en boule contre sa peau.

S'il l'appelle, s'il la cherche, il la perd pour toujours. Il le sait.

Il faut que ce soit elle qui cesse de se rendre injoignable.
Voilà. C'est tout.
Et c'est invivable.

Debout, à la fenêtre, il regarde la rue la nuit.
Il donnerait tout pour la voir apparaître.
Pourquoi injoignable ?
Depuis le début de leur histoire.
In-joi-gna-ble.
Il tape son front contre la vitre. Fort. Plus fort.
Pourquoi injoignable ?

Il ouvre la fenêtre, se penche. Le froid sur sa peau le ramène brusquement à son propre corps.
Pas d'autre refuge.

Le livre de Lea est par terre, tombé de la poche de son blouson.
Elle l'a tenu dans ses mains.
Il le tient à son tour.
Et il se met à lire à voix haute, seul.
Il marche.
Il ne comprend pas ce qu'il lit.
Il ne connaît pas assez l'italien.
Mais les mots dans cette langue lui redonnent la voix de Lea, basse, un peu rauque.
Il entend à nouveau les mots qu'elle murmure contre sa peau nue. Sa langue d'amour.

Romilda suit le grondement de la tempête. Elle se rappelle le grondement des chars, à Naples.
Leur départ, brusque, d'Italie. Le peu de temps que Jean-Baptiste lui avait laissé pour faire ses bagages. Il avait hérité. Son père était mort. A Naples, le peuple s'était soulevé contre les Allemands. Puis les Alliés étaient arrivés.

Elle, elle ne connaissait l'histoire que par les corps de ceux qui montaient jusqu'à la chambre. Les clients avaient changé d'uniforme.
Son corps à elle, rien ne l'avait libéré.

La ville était pleine de rumeurs contradictoires. Elle et lui fuyaient.
Elle avait obéi sans bien comprendre ce qui changerait.

Elle n'était plus jamais retournée en Italie.

En France, il avait dit qu'il fallait tout oublier.
Tout. Il était riche. Il l'avait épousée.
Epouser, pour lui, c'était tout remettre en ordre.
Il avait dit Je te l'avais promis, quand la guerre serait finie.

Mais elle, elle était morte entre-temps et il n'avait rien vu.

La Romilda qu'il avait bercée de promesses, celle qui lui confiait si gravement sa main dans les rues de Naples la nuit, comment la faire revivre ?
C'est une morte qui avait dit oui, à la mairie.
Une morte qui l'accompagnait devant l'autel, à l'église.
Il la regardait. Elle disait Oui.
Toujours oui.
Il avait déchiré un jour de rage la photographie de leur mariage.
Elle, c'était un fantôme.

Comment tout oublier ?

Il voulait un enfant.
Devenir mère ? Mettre au monde par ce corps-là un être tout neuf ?
Comment guider une autre vie, elle qui n'avait même pas été capable de guider la sienne ? Jean-Baptiste voulait "une famille".

Elle, elle n'enfantait pas. Un châtiment. Quelque chose d'obscur avait lieu. Elle le punissait. Par ce même corps.

Soudain la maison tremble, d'un coup. La vieille dame entend la sirène des pompiers qui se rapproche. La voix de Lea qui appelle Maman ?

Elle se lève. Elle est en haut des marches.

Lea grimpe.

Lea, toute sa vie.

Viens, ma petite fille. Il faut rester à l'étage, on ne sait jamais.

Lea a son visage d'enfant qui se réveille. Le regard perdu, les traits encore dans le vague du sommeil. Elle pénètre dans la chambre.

C'est un lieu où elle est rarement entrée. La chambre des parents. Puis la chambre de sa mère seule. Elle s'assoit sur le bord du lit. Sa mère s'est allongée à nouveau. Elle a murmuré Je suis si fatiguée. Lea lui caresse les cheveux.

Tant de silence dans leurs mains et le mugissement du vent qui n'arrête pas, se cogne contre les murs, repart.

Tu veux que je te fasse la lecture ?

Non, il faut que je te dise tout, cette nuit, jusqu'au bout.

Romilda parle les yeux fermés.

Il avait fait passer en Suisse des gens, ton père. Il était courageux, tu sais. Il avait risqué sa vie pour eux…
C'est ce qu'il te racontait, ma petite mère. La voix de Lea est dure.
Non, lui, il n'en parlait jamais, Lea. Ce sont les autres, à la grande maison. C'est ça qui était terrible avec lui. Il pouvait faire du bien et il pouvait aussi faire du mal, les deux. C'est difficile, les deux. Difficile à aimer. Je ne l'ai jamais compris, ton père. Juste aimé. Elle ajoute plus bas Et haï. Les deux, tu vois, moi aussi.

Lea entend et les paroles de sa mère résonnent tout au fond d'elle.

Elle reconnaît ce qui a toujours bercé sa tristesse sans nom. Familière. Immense. Son désert. Cette nuit, elle apprend. C'est devant l'histoire de ceux qui l'ont conçue qu'elle voit que tout lien a été balayé.

On ne questionne pas le vide.
On avance. Avec la peur à chaque pas.

Elle serre la main de sa mère. Le seul lien possible ?
Jusqu'où peuvent-elles aller, ensemble ?

Dehors la sirène des pompiers, un haut-parleur. Des mots qui se perdent dans la tempête.

Lea pourrait essayer de les saisir, retourner à l'urgence comme elle l'a toujours fait. Elle échapperait à la voix qui parle, là, tout près. Mais rien ne peut la soustraire.
Comme le vent qui se ramasse et revient, comme l'océan que rien ne peut empêcher de se retirer et de laisser le sable à découvert, la place pour la voix de sa mère, cette nuit, est là.
Et le péril.

Toi, Lea, tu as connu le bon côté et c'est bien. Il était capable pour toi de rester dans le bon côté.
Quand j'ai été enceinte de toi, il était fou de joie.
Moi je n'y croyais pas. J'étais sûre que je ne pouvais pas. Mon corps était arrêté. J'étais une drôle de femme, tu sais. Je ne sentais plus rien.
C'était comme ça, mon corps.
Des années comme ça.
Ton père est resté avec moi. Quand même. Parfois il partait, deux jours, trois. Et puis il revenait. Je ne savais pas ce qu'il faisait, où il allait. Je ne posais pas de questions.
Quand toi tu es née, il n'est plus jamais parti. J'avais presque quarante ans. On a dit "un miracle". Mais tout de suite la terreur, ma fille. La terreur.

Lea sent la main de sa mère qui serre la sienne. Elle ne la lâche pas.

L'idée qu'un jour, toi, mon enfant, sortie de ce ventre-là, tu pourrais tout savoir, c'était l'horreur qui revenait.
J'ai voulu couper tous les ponts. Même dans ma tête. Tout oublier J'ai essayé. Je me disais Si moi j'oublie, les trois années maudites, elles n'auront jamais existé. Jamais. J'ai essayé… De toutes mes forces.
On n'oublie pas.
Ton père, dans sa tête, je ne sais pas comment il faisait. J'étais sa femme, c'est tout. Et il vivait comme si rien ne s'était jamais passé. Pour tout le monde, tout était normal. Personne ne pouvait deviner.
Mais, pour lui, qu'est-ce que j'étais ? C'était comme s'il avait tout oublié.
Est-ce qu'il avait tout oublié ?
La voix de la vieille dame s'arrête.

Lea regarde le visage de sa mère. Derrière les paupières closes, il y a des mondes qu'elle ne connaîtra jamais. Toute sa vie à elle n'aura pas suffi. La souffrance est là. Toujours.

Elle a la sensation que l'air a du mal à se frayer un chemin dans la gorge de sa mère. Alors, dans sa poitrine à elle, reviennent les sons d'autrefois. Les chansons de la cuisine. Elle cherche l'air. Pour sa mère.
Elle chante.
Cette nuit le monde se renverse.
C'est elle qui donne la vibration.
Il faut bien.

Elle chante.
Elle berce la mère.
Que sa parole aille jusqu'au bout.
Qu'elle délivre enfin.

La langue de la mère résonne en elle.
Elle contemple le corps frêle allongé.

Danser c'est se trouver, seule, à la croisée du vertical et de l'horizontal. C'est la seule place qu'elle, Lea, sait tenir.

Elle imagine. De toute sa force, elle imagine. Dans le corps de sa mère, elle pénètre, elle se lève.
Elle insuffle la danse.
Parce que la danse, c'est ça. C'est toujours ça. Des corps qui se relèvent.

Et il faut toucher terre d'abord.
Il faut bien.

Alors Lea touche terre.
Pour elles deux.

Le péril est là. Total. Il faut affronter.

Est-ce que les mots peuvent tuer ?
Dans sa tête, elle invente une danse. Juste pour elle et sa mère. Contre les mots de Romilda. Pour qu'elles restent à l'air libre toutes les deux. Qu'elles demeurent. Vives.

Assise au bord du lit, à voix très basse, elle continue les chansons italiennes de l'enfance.

Dans sa tête, avec la danse, elle revisite le corps de la mère. Comme un nageur. Elle écarte tout. De ses épaules solides, elle pousse le mouvement des bras, large.

Elle redessine, dans le ventre de la mère, des voies neuves.

Elle est son enfant. Et seul un enfant peut cela.

Elle chasse toute l'horreur parce qu'elle est, elle, présente dans le ventre qui lui a donné la vie et qu'elle le rend à la vie. De tout son amour.

Elle consacre.
Son unique baptême, il est là.
Elle se reconnaît fille de.
Et cette femme-là, allongée, qui ose enfin parler, c'est sa mère.

Elle veut que sa mère respire large.

Danser c'est trouver ce qui lisse et ce qui broie, ensemble, dans chaque mouvement.

Romilda parle. Ses mots sont bordés par la chanson de Lea.
Ses doigts s'ouvrent. Elle lâche sa main.

Pour dire la suite maintenant, il ne faut plus qu'elle touche sa fille.

Danser c'est altérer l'espace. Lea le sait.
Rien n'est intact. Jamais.
Aimer, c'est partager l'altération.
Elle partage.

Sa mère parle.

Pour tenir, Lea continue à imaginer.
Un mouvement fort, qui se déploie lentement, des pieds à la tête, articulation par articulation. Elle se concentre. Elle imagine le mouvement dans la tempête. Le sable qui se soulève, brûle les yeux. Elle ferme les paupières.
Elle imagine.
Ses pieds cherchent quelque chose de solide. Sur la terre. Le mouvement monte dans les jambes. Vertical. Il faut garder le haut du corps arc-bouté pour résister. Le vent arrache tout. Le sable glisse. Elle résiste.
Dans la chambre de la mère, elle résiste.
De tout son corps.
De toute la puissance en elle qui imagine.

Les mots arrivent jusqu'à son oreille.

Sa mère raconte la dernière promenade sur la falaise.

Elle ne dit plus Ton père.
Elle dit Romilda et Jean-Baptiste.

Il faut entrer dans les noms. Aller avec Romilda jusqu'au bout.
Ce n'est plus sa mère. Ce n'est plus son père.
C'est Romilda. C'est Jean-Baptiste.
Dans l'obscur sous les paupières, elle les voit.

Les mots de la mère sont là. Dans l'air.
Il faut épuiser les mots.

Danser c'est écrire avec tout son corps.
Elle a appris.
Elle respire. Fort. Elle écoute à l'intérieur d'elle son propre souffle. Familier. Rassurant.
Epuiser les mots de sa mère, elle peut.

Il ne faut pas écouter ce que ça dit.
Entendre seulement. Des sons.
Comprendre, c'est pour plus tard.
Pas maintenant.
Maintenant c'est juste entendre. Pour que sa mère aille jusqu'au bout.

Des mots cherchent à trouver place dans sa conscience. Falaise. Vive. Morte.
A l'intérieur de sa bouche, elle les mâche.
Elle les attrape, les dépèce.
Lea est une bête puissante.
Elle ne peut pas laisser ces mots vivre et bruire dans l'air.
Elle les avale. Au secret de son corps.
Les mots. Sous sa peau. Tatouée à l'intérieur.

Elle n'a jamais su prier.
Le silence et son souffle, c'est prier ?
Elle entend le rythme plus fort que la tempête.
C'est prier ?
Elle est la tempête. La plus terrible de toutes les tempêtes.
Plantée dans la chambre de sa mère.
Et elle entend.

Son père est tombé.
De la bouche de sa mère.

Si elle avait été là, elle, Lea, au bord de la falaise, si elle avait suivi Romilda et Jean-Baptiste, elle aurait tout vu.
Elle aurait vu Jean-Baptiste tomber.
Elle aurait vu Romilda repartir, seule.
Romilda, si légère. Qui ne pèse rien, elle, sur un bord effondré de falaise, qui ne craint rien.

Elle voit.
Jean-Baptiste tombe.
Le faux pas.

Elle entend, tout au fond d'elle, le cri.

Elle est trop petite, trop petite pour tendre la main.
Ses dents tremblent. Son corps tremble. Maintenant elle le sait. Si elle avait été au bord de la falaise, elle aurait tendu la main. Elle, elle aurait tendu la main.

Malgré tout.
Papa.

Sous les paupières de Lea il y a des vagues immenses. *Il maremoto.*

Romilda a continué sa route. Elle dit qu'elle n'a rien entendu.
Rien ?

Maintenant Lea se souvient. Elle a six ans. Son petit tableau noir dans la cuisine. La vieille voisine qui la garde. Ses parents ne l'ont pas emmenée avec eux. C'est trop dangereux. On ne se promène pas sur les falaises un lendemain de tempête.
Et sa mère rentre, seule.
Lea vient de réussir à écrire un mot sur le petit tableau. Elle se rappelle sa joie. Elle ne se rappelle plus le mot. Si elle se rappelait, est-ce qu'elle reverrait le visage de la mère ? Est-ce qu'elle aurait la vérité du visage de sa mère ?

Un frisson violent irradie soudain ses bras, ses jambes, tout son corps. Elle laisse le frisson retourner à l'air.
C'est l'onde qui la parcourt qui fait vibrer la maison ?

La voix de Romilda dans la chambre répète Je croyais qu'il marchait derrière moi. Je n'ai rien entendu.
Rien.

La main de Romilda cherche celle de Lea.
Les doigts de sa fille s'entrelacent aux siens.

Du temps passe.
Elles ont les yeux fermés.
Sous les paupières closes, qui veille le sommeil de Jean-Baptiste ?

Soudain l'assaut de la tempête est terrible.
Les rafales secouent les murs. Lea se dresse.
Lui revient la voix dans le haut-parleur tout à l'heure. Evacuer les lieux ?
De toute façon il est trop tard.
Entrouvrir les volets pour voir, c'est trop dangereux.
Sa mère s'est assise aussi sur le lit. Elle la prend dans ses bras.
Toutes les deux, elles attendent.
C'est la tempête qui décide.

Le fauteuil près de la fenêtre glisse jusqu'au milieu de la pièce et se renverse dans un grand bruit. Les portes de l'armoire s'ouvrent. Des piles de linge dégringolent.
Dans l'une d'elles un sac en tissu.

Ne bouge pas.
La voix de sa mère est ferme. C'est la voix qui a ordonné l'enfance de Lea. Une voix toute vêtue de noir si longtemps. Lea ne bouge pas.

Le lit reste à sa place.

Sa mère dit C'est la dernière rage de la tempête. Ça ne durera pas. Après ce sera fini. Il faut juste que la maison tienne.
La main de la vieille dame a retrouvé sa fermeté sur le bras de sa fille. Les tempêtes, elle connaît.

Le lit reste à sa place.

Lea écoute les mugissements du vent. Elle a la sensation qu'elle n'appartient plus à rien. Ça pourrait l'emporter. Tout pourrait disparaître.
Se mettre sous le chambranle des portes au cas où tout s'écroule, elle l'a lu dans une chambre d'hôtel à Mexico. Elle ne bouge pas. Elle reste, sur le lit, avec sa mère. Ensemble.
Ses yeux ne peuvent plus se détacher du sac en tissu tombé de l'armoire. Arrimée à ce point fixe, elle tient. Le regard de sa mère a suivi le sien.

Là-dedans il y a mon livre, dit-elle tout bas, celui que j'avais emporté avec moi quand j'ai quitté mes parents. Partout, avec moi. Et puis les lunettes de ton père.

Lea revoit son livre à elle, abandonné chez Bruno. *Tu, mio.* La pensée de Bruno lui étreint la gorge.
Elle est dans la chambre de sa mère.
Son histoire à elle, elle existe ?

Les deux femmes se taisent.
Chacune dans son silence. Et ce n'est pas le même.
Dans la maison aussi, le silence.

D'un seul coup, la tempête a cédé. Romilda a senti le moment précis où le vent est tombé. Pas Lea.

La vieille dame se lève, ouvre la fenêtre, les volets.
Lea ne bouge pas. Elle la regarde. Elle se dit qu'elle voudrait que ce soit le matin.
Une clarté laiteuse pénètre dans la chambre avec de l'air froid. La flamme de la bougie vacille.
Est-ce que c'est le matin ?
La flamme de la bougie s'est éteinte. Dans la chambre chaque chose retrouve son contour, précis.
Lea reconnaît le tissu du sac par terre. C'est elle qui l'avait confectionné quand elle était petite, avec sa mère. Pour la fête des Pères. Elle se rappelle l'oiseau qu'elle avait brodé, bleu sur le vert du tissu.

Elle rejoint sa mère.
Epaule contre épaule, elles regardent le jour qui se lève.
Le paysage est dévasté.
La mère pointe du doigt un bateau fracassé, échoué jusque dans les terres, contre le muret. Elle dit Tu te rends compte !

La falaise apparaît dans la brume.
Lea ramasse avec précaution le sac tombé à terre, le pose sur le lit. Sous ses doigts, elle sent des morceaux de verre brisé.

Romilda revoit la haute silhouette de Jean-Baptiste.
Le reste de son histoire n'appartient plus qu'à elle.
Le jour où elle avait quitté l'hôpital, là-bas, elle avait erré.
Jusqu'à la nuit.
Puis elle était rentrée. Elle revenait dans le nom de Suzanne. Sa soumission lui faisait horreur.
Elle avait pénétré dans la grande maison, était montée sans un mot. La femme en bas qui filtrait les allées et venues avait voulu la retenir.
Trop tard.
De la musique dans la chambre.
Des voix.
Elle n'avait pas frappé.
Elle était entrée.

Jean-Baptiste dansait avec un autre homme.
Il lui caressait les cheveux.
Devant sa mine atterrée, ils s'étaient embrassés.
Ils riaient.

Non, il y a des choses qu'on ne peut pas dire à sa fille. Jamais.
Romilda ferme la fenêtre.

Lea avance vers la falaise.

Comment le vent peut-il à lui seul ce qu'elle découvre ?
La route est jonchée de débris de toutes sortes.
Son regard reste un moment accroché à un panneau de signalisation, venu d'où ? qui indique une sortie d'école. Incongru, jeté à terre.

Elle se revoit dans sa voiture sous la pluie se guidant aux bandes blanches. C'était hier ?

C'est tous ses jours qui sont épars sur la route.
Ses jours à elle. Sa vie. Soufflée, arrachée.
Comment rétablir maintenant un ordre pour vivre ?

Elle marche, en équilibre parfois sur une plaque de tôle ou un morceau de bois, d'ardoise.

Elle se dit que tout ce qui gît là, par terre, manque forcément quelque part. Les bords déchiquetés ici cisèlent le vide. Ailleurs il y a bien les mêmes bords. L'ensemble devait bien former un tout, qu'on nommait, qui servait à quelque chose. Maintenant les deux sont inutiles et on peut les considérer séparément, comme si c'était des choses distinctes. On ne peut plus dire le nom.
Elle est cette route sur laquelle elle trébuche.
Elle ne pourra plus jamais rien relier au fond d'elle.
Comment vivre maintenant ?
Comment faire le compte de ce qui a été dévasté ?

Elle voudrait s'allonger et dormir. Ne plus rien savoir. Ne plus rien chercher.
Elle avance.
L'océan s'était retiré. Loin. Il remonte. La mer est presque haute. Du haut de la falaise elle voit les galets puis le sable puis l'espace humide, glissant, creusé de flaques où l'eau demeure jusqu'à la prochaine marée.

Où le pas de son père a-t-il manqué ?
Où, le faux pas ?

Elle tend la jambe, pointe le pied hors du sentier. Elle veut sentir. L'air. Le vide. Le déséquilibre. Elle veut le vertige.
Le poids du corps qui pencherait du côté sans terre. Juste pour sentir.

La chute.
Elle recule d'un bond, se couche sur le talus.
La tête lui tourne.
Elle ferme les yeux.

Elle suit la chute de son père. A l'intérieur d'elle.
Jusqu'au bout.
Il faut toucher terre.
Pour lui aussi.

Les nuages passent au-dessus d'elle, poussés par le vent encore vif. Elle les laisse traverser le champ de son regard sans chercher à les suivre.

Cela s'est passé ici même. Dans tout son corps maintenant elle sait. Exactement.

Est-ce qu'il a appelé Romilda ?
Est-ce qu'il l'a appelée, elle, Lea ?

Elle est sur la plage et elle l'attend. Elle est toute petite. Dans le soleil. Il la prend sur ses épaules. Elle sent ses épaules larges, rassurantes, sous ses cuisses. Elle pose ses deux mains sur ses cheveux.
Elle sent les boucles mouillées sous ses doigts, les boucles si semblables aux siennes.
Il l'emmène vers les vagues. Les deux mains de son père lui tiennent les chevilles.
Elle ne risque rien.
Sur ses épaules, elle voit l'horizon.
Elle ne tombera pas.

Tableau 11

PARIS. L'ATELIER DE BRUNO

Bruno referme le livre de Lea.
Il fait face à la toile abandonnée.
Il n'a plus besoin de modèle.
La vision, elle est en lui.

Il va peindre Lea. Parce qu'elle est dans ses mains.
Il se met au travail. Comme jamais.
Il peut.
Elle est là, au plus profond de lui, et son absence n'est rien. Rien.
Il peint.
Dans le silence de son atelier. La seule façon qu'il a de la rejoindre.
Il ne s'arrêtera pas.
S'il parvient à finir la toile, il n'aura plus peur.
Il n'y aura plus d'absence.
Il travaille de tout son art, de toute son âme.
Il n'y a rien d'autre qui vaille.
Est-ce qu'aimer, ce n'est pas vouloir rejoindre, sans relâche ?

Le jour s'est levé.
C'est ça sa vie et rien d'autre.

Oui, chaque cœur est seul à respirer.
Et pourtant il aime. Malgré tout.
Tant pis pour le cœur qui panique.

Il peint.
Il ne renoncera pas.

Aimer c'est juste accorder la lumière à la solitude.
Et c'est immense.

Romilda a descendu le sac de toile sur la table de la cuisine. C'est le poids du vieux livre qui a brisé les verres de lunettes dans sa chute. Le regard de Jean-Baptiste le Français n'est plus rien.

Elle fait le tour de sa maison. Un coup d'œil à la toiture, la cheminée, les fenêtres. Tout a tenu. Un miracle. Elle va au jardin. Son espace, si tendre, entre dehors et dedans. C'est là que la tempête a œuvré. L'examen des massifs dévastés, de la pergola délabrée. Elle redresse des tiges, a conscience que ses gestes sont dérisoires. Il faudra tout recommencer.

Romilda remonte à sa chambre. Elle attrape une boîte tout en haut de l'armoire. A l'intérieur, la longue jupe de soie bleu nuit.

La vieille dame a quitté la maison. Pour la première fois depuis tant d'années, elle a sorti le livre du sac, elle l'emporte avec elle. La mer est haute. Tant mieux.
Les nuages dans le ciel filent vite. Ils sont légers. A ce moment précis, c'est la seule compagnie supportable. Elle va au bout de la jetée. Des planches branlent. Il faudrait les changer. Personne ne s'en occupe et elle, elle est trop vieille maintenant pour demander qu'on répare quoi que ce soit. Elle marche sans précaution, son pas pèse si peu.
Arrivée au bout de la jetée, elle tire un peu sur sa jupe bleue. Elle ne pensait pas qu'elle la mettrait un jour. Longue, ample, dansante quand elle marche, il faut la tenir à deux mains quand ça souffle. Une jupe de soie. C'est comme ça qu'elle imaginait l'héroïne de son roman. Elle s'assoit, les jambes libres au-dessus de l'eau. Elle a retiré ses chaussures.
Pieds nus devant la mer, on est toujours une petite fille.
Elle revoit, intact, le visage de Jean-Baptiste.
La vieille dame caresse lentement le tissu bleu de la jupe.
Elle penche la nuque en arrière, regarde les nuages.
Un tissu neuf. Un tissu, ça résiste au temps, à toutes les choses qui passent dans le temps. Il se contentera de perdre peu à peu sa couleur, de devenir de plus en plus mince. On dit s'élimer.

La peau s'élime-t-elle au contact d'autres peaux ou durcit-elle pour mieux résister ? Les doigts de la vieille dame montent à son visage, touchent les paupières, les joues. La peau n'a pas de réponse.
Elle a fermé les yeux. Elle pleure.
Une à une, elle déchire les pages de son vieux livre d'amour, les laisse tomber dans l'eau. Le papier disparaît dans le mouvement des vagues.
Alors les mots imprimés, ces mots que personne ne lui a jamais dits, ses lèvres les prononcent. Pour elle toute seule. Dans sa langue à elle. C'est en italien, seulement en italien qu'elle aurait pu les dire. Et là-bas, à Naples, personne ne lui a jamais demandé de mots d'amour. Elle les connaît par cœur pourtant, ne les a jamais osés.
Il faut bien que les mots d'amour se disent un jour. Même si personne ne vous prend dans ses bras pour les entendre.
Il y a comme ça des déclarations perdues sur des tombes fermées, dans tous les cimetières du monde.
Elle ne va jamais sur sa tombe.

Elle ignorait qu'elle avait tant et tant de phrases inscrites, à l'intérieur d'elle. Sous la peau.
Des passages entiers. Comme des blocs de falaise usée qui s'écroulent. En même temps qu'elle délivre dans l'air tout ce que les livres lui ont appris de l'amour, elle pleure.
C'est tout.

Devant les vagues qui viennent taper contre les pilotis de bois, sa voix s'en va. Presque un chant.

Lea s'est relevée. Quelque chose en elle cède.
Est-ce que le vide peut se circonscrire ?

Partout dans la ville, c'est le moment des constats domestiques. La grande peur a reflué. On inventorie les pertes.

Un lendemain de tempête est une étrange chose.
On apprend la mesure exacte de l'attachement en ramassant les débris.

L'intact, le dégradé, l'irrécupérable.
Garder ? Jeter ?
Les mains hésitent, retournent les objets, les palpent. On a l'air de soupeser leur utilité mais c'est leur histoire qu'on soupèse.
Après une tempête, les gens ont le regard un peu égaré de ceux qui déménagent.
Ils font les gestes mais ils sont ailleurs, suspendus entre ici et là-bas.

Après une tempête, on n'est nulle part vraiment.

Le vent a soufflé.

Lea pense à Bruno.

Elle l'imagine, devant son premier café du matin.

Il ne sait pas combien d'heures elle a passées, la nuit, dans son atelier, à contempler ses toiles, quand elle ne parvenait pas à dormir auprès de lui.
Toute seule dans l'atelier elle apprenait.
A l'aimer là où il ne la conduisait pas.
A s'approcher. Autrement.

La peinture de Bruno est en elle.
Comme la langue de sa mère.

Lea trace lentement du bout de ses doigts une ligne invisible. Dans l'air. Un tableau a des bords.
Est-ce que son désert à elle a des frontières ?

Au bord de la falaise, Lea cherche son nouveau pas.

Apprendre à trébucher.
Intégrer le faux pas.
En faire sa danse.
Apprendre la marche imparfaite de tous ceux qui ont dans le corps un poids qui se déplace et les entraîne. Sans qu'ils y puissent rien.
Et danser avec ça.
Tous. Des semblables. Qui tentent de rétablir l'équilibre. A chaque pas. Entravés, empêtrés dans les vies et les histoires qui s'agrippent, déséquilibrent.

Elle fait partie maintenant de ceux qui articulent leurs pas comme on parle après être resté trop longtemps silencieux. Avec peine.
La seule grâce possible.
Partageable.

Il faudra qu'elle serre sa mère très fort dans ses bras avant de la quitter. Très fort.

DU MÊME AUTEUR

Romans, nouvelles, récits
Ça t'apprendra à vivre, Le Seuil, 1998 ; Denoël, 2003 ; Babel n° 1104.
Les Demeurées, Denoël, 2000 (prix Unicef 2001, Prix du livre francophone 2008 Lituanie) ; Folio n° 3676.
Un jour mes princes sont venus, Denoël, 2001.
Les Mains libres, Denoël, 2004 ; Folio n° 4306.
Les Reliques, Denoël, 2005 ; Babel n° 1049.
Passagers, la tour bleue d'Étouvie, Le Bec en l'air, 2006.
Présent ?, Denoël, 2006 ; Folio n° 4728.
Laver les ombres, Actes Sud, 2008 (prix du livre en Poitou-Charentes).
Les Insurrections singulières, Actes Sud, 2011 (prix littéraire des Rotary Clubs de langue française, prix Paroles d'encre, prix littéraire de Valognes, Prix du roman d'entreprise, prix du Scribe et prix des Mouettes) ; Babel n° 1152.
Profanes, Actes Sud, 2013 (Grand prix RTL-Lire) ; Babel n° 1249.

Jeunesse
Parmi lesquels :
Samira des Quatre-Routes, Flammarion Castor-Poche, 1992 (Grand Prix des jeunes lecteurs PEEP 1993).
Le Ramadan de la parole, Actes Sud Junior, 2007.
Une histoire de peau, Thierry Magnier, 2012.
Vivre c'est risquer, Intégrale (comprend quatre ouvrages parus aux éditions Thierry Magnier : *Quitte ta mère*, 1998 ; *Si même les arbres meurent*, 2000, prix du livre jeunesse Brive 2001 ; *La Boutique jaune*, 2002, prix Leclerc du roman jeunesse 2003 ; *Une heure une vie*, 2004), Thierry Magnier, 2013.
Pas assez pour faire une femme, Thierry Magnier, 2013.

Albums
Le Petit Être (illus. Nathalie Novi), Thierry Magnier, 2002.
Prince de naissance, attentif de nature (illus. Katy Couprie), Thierry Magnier, 2004.

Textes poétiques
Naissance de l'oubli, Guy Chambelland, 1989.
Comme on respire, Thierry Magnier, 2003 ; nouvelle édition, 2011.

Notre nom est une île, Bruno Doucey, 2011.
Il y a un fleuve, Bruno Doucey, 2012.
De bronze et de souffle, nos cœurs, avec des gravures de Rémi Polack, Bruno Doucey, 2014.

Théâtre
Marthe et Marie, chorégraphie Carol Vanni. Création Théâtre du Merlan, Marseille, 2000.
L'exil n'a pas d'ombre, mise en scène Jean-Claude Gal. Création Théâtre du Petit Vélo, Clermont-Ferrand, 2006.
Je vis sous l'œil du chien suivi de *L'Homme de longue peine*, Actes Sud-Papiers, 2013.

BABEL

Extrait du catalogue

1014. SOROUR KASMAÏ
Le Cimetière de verre

1015. LAURENT GAUDÉ
La Porte des Enfers

1016. SAM SAVAGE
Firmin

1017. WAJDI MOUAWAD
Littoral

1018. *
Roman de Baïbars 5
La Trahison des émirs

1019. *
Roman de Baïbars 6
Meurtre au hammam

1020. MATHIAS ÉNARD
Zone

Ouvrage réalisé par l'atelier graphique Actes Sud, reproduit et achevé d'imprimer en décembre 2014 par Normandie Roto Impression s.a.s 61250 Lonrai sur papier fabriqué à partir de bois provenant de forêts générées durablement, pour le compte des éditions Actes Sud, Le Méjan place Nina-Berberova, 13200 Arles.
Dépôt légal 1re édition : août 2010
N° impr. : 1405086
(Imprimé en France)